中公文庫

ちぎれ雲 (二)

女犯の剣

富樫倫太郎

中央公論新社

目次

主な登場人物

麗門愛之助《れいもんあいのすけ》　〝猪母真羅《いぼまら》〟持ちで、女たちが群がる美丈夫。その日暮らしの生活だが、実は大身旗本の次男坊で、放念無慚流《ほうねんむざんりゅう》の達人。

天河鯖之介《てんがさばのすけ》　愛之助の親友だが、対照的に醜男《ぶおとこ》の貧乏御家人。剣の腕は愛之助と互角。

御子神検校《みこがみけんぎょう》　愛之助が用心棒を務める、盲目の金貸し。

唐沢佳穂《からさわかほ》　愛之助の友人・潤一郎《じゅんいちろう》の妹。美貌の女剣士。

麗門蔵之介《くらのすけ》　愛之助の父。号は玉堂《ぎょくどう》。家督を雅之進《まさのしん》に譲って隠居の身。

麗門雅之進　愛之助の兄。北町奉行。

本多忠良《ほんだただよし》　八代将軍・吉宗《よしむね》の老中。下総古河《しもうさふるかわ》藩藩主。

帰蝶《きちょう》　忠良配下の密偵。

孔雀《くじゃく》　冷酷無比な盗賊団を率いる女首領。

善太夫《ぜんだゆう》　侮れない勢力を持つ物乞いの元締め。

煬帝《ようだい》　幕府と関係が深い商家を次々と襲う盗賊団の首領。

ちぎれ雲（二）

女犯《にょぼん》の剣

第一部　女盗賊

一

「ああ、いい湯だぜ」

あまりの気持ちよさに、麗門愛之助《れいもんあいのすけ》の口から声が洩《も》れる。

露天風呂の白い湯気が立ち上っていく上に夜空が広がり、無数の星々がきらめいている。

それらの星々を眺めていると、愛之助の心も和む。

このひと月あまり、愛之助は心身共にぼろぼろの状態だった。雨海藩《あまがい》の刺客に命を狙われ、かろうじて刺客を倒したものの、愛之助も傷を負った。思わぬ成り行きで、江戸を騒がせる煬帝《ようだい》という盗賊と妙な関わりを持ち、その押し込みの現場で煬帝一味と斬り合いをした。

それだけではない。

若年寄・本多忠良《ほんだただよし》の秘密指令に従って、名前も知らない若い旗本の子弟を何人も斬った。縁もゆかりもない者たちである。刀を構えて向き合ったとき、初めて相手の顔を見たのだ。雨海藩との軋轢《あつれき》は、理不尽に売られた喧嘩《けんか》を買ったようなものだから避けようがなかったし、罪のない者たちを殺して、金を奪おうとしていた煬帝の手下たちを斬ったことは何も後悔していない。

血まみれのひと月を過ごした愛之助の体には血の匂いがこびりついている。どんな悪人であれ、人の命を奪えば、後悔しなくても、いくらか良心に痛みを感じるし、その痛みが澱《おり》となって愛之助の心に沈澱《ちんでん》する。気持ちが殺伐としてしまい、鉛のような疲労で体が重くなった。傷の具合もよくない。

その心と体を箱根の湯が癒やしてくれる。

しばらく江戸を離れて箱根に湯治《とうじ》に行け、と命じたのは兄の雅之進《まさのしん》だ。普段は、反りの合わない兄弟で、雅之進は愛之助の行状を苦々しく思っているし、愛之助の方でも雅之進を煙たがっているが、今度ばかりは雅之進の指図に感謝したい気持ちである。

もちろん、雅之進には雅之進の都合があって、そう命じただけのことで、愛之助の体を気遣ったわけではないが、それは愛之助には、どうでもいいことだ。熱い湯に身を浸していると、浮世の些末《さまつ》な事柄など忘れてしまうのである。

頭に手拭いを載せ、顎《あご》まで湯に沈めて、愛之助は目を瞑《つぶ》っている。半分眠っているようだが、眠っているわけではない。

考え事をしている。

箱根にやって来る直前、愛之助は久保道之助《くぼみちのすけ》という御家人《ごけにん》と立ち合った。

久保は煬帝の一味で、煬帝と共に商家を襲った男である。

小普請《こぶしん》の御家人といえば、貧乏人の代名詞のようなものだ。

久保も生活に窮して、金のために悪事を働いているのだと愛之助は思っていた。

しかし、久保の言葉は愛之助の予想とはまったく違っていた。

世の中をよくするために押し込みをしている、正義の戦いを始めるには莫大な金が必要だから、悪徳商人どもから奪っているのだ、と言い放ったのである。

そのときは、きれい事を言っているに過ぎぬ、と思い、久保の言葉を真剣に受け止めなかった。

久保は居合いの達人で、愛之助もかなり危険な状況に追い込まれたものの、紙一重《かみひとえ》の差で、かろうじて愛之助が勝った。

時間が経《た》つにつれ、久保の言葉が妙に気になり始めた。

愛之助の親友・天河鯖之介《てんがさばのすけ》も、久保さんは立派な人だと誉《ほ》めていたし、押し込みを繰り返して大金を稼いだはずなのに、久保が贅沢《ぜいたく》しているという話も聞かなかった。

愛之助と立ち合ったときの久保からは強い信念が感じられたし、剣さばきにも曇りがなかった。命のやり取りをする斬り合いの場では、相手の本性が垣間見えるものである。欲の皮を突っ張らせた薄汚い盗賊と立ち合っているという気はしなかった。

(女や子供や年寄り、奉公人たちまで皆殺しにして金を奪い、それで世直しをするなどとは戯言《たわごと》だ。そんなでたらめな話があるものか……)

大きな正義を為すためならば、悪事を犯しても構わない、そんな理屈は間違っていると久保のような男がわからないとはどうかしている、よほど巧みに煬帝が久保を操っていたのではなかろうか……考えれば考えるほど、煬帝が憎くてたまらなくなってしまう。

(なぜ、おれを知っていた?)

それも謎だ。

盗賊などに知り合いはいないのに、煬帝は愛之助のことをよく知っているようだった。

(しかし、煬帝のことを、とやかく言えるのか?)

見ず知らずの人間を斬っているという点では、愛之助も煬帝も同じ穴の狢《むじな》である。

煬帝は金のためにやっているが、愛之助は金のためにやっているわけではないという違いがあるだけだ。

金を奪い、生き証人を残さないように、煬帝一味は女や子供や年寄りも平気で殺す。

愛之助は、そうではない。今まで女と子供を斬ったことはない。

が……。

最初に久保を斬れと命じられたときには、一緒にいた倅《せがれ》も斬って構わぬという指図だったのだ。

その指図に愛之助が従っていたら……。

(煬帝と何も変わらぬということではないか)

考えれば考えるほど憂鬱《ゆううつ》になる。

しかし、考えるのをやめることができない。

ふーっと溜息をついたとき、風呂場に誰かが入ってくる気配を感じた。

なるべく他の湯治客と一緒にならないように、敢《あ》えて遅い時間に入浴するようにしているので、今まで他の客と一緒になったことはない。広い露天風呂を独り占めしてきた。

(出るか)

手拭いを取り、湯の中で立ち上がる。

「あ」

思わず声が出る。

洗い場に立ち、愛之助に向き合っているのは若い女である。愛之助も驚いたが、向こうも驚いたようだ。

その女の視線が愛之助の顔から愛之助の股間に移動する。

「え……」

女が声を洩らす。

そういう反応に、愛之助は慣れている。

湯屋に行くと、初めて愛之助の猪母真羅《いぼまら》を目にした者は誰でも同じように目を丸くして驚く。

それは男でも女でも変わらない。

何かに興奮しているわけではないから、猪母真羅はおとなしく下を向いているが、それでも普通の大きさではない。

(む)

その猪母真羅がむくむくと大きくなって、上を向き始める。その女の美しい顔と均整の取れた肉体に猪母真羅が反応したのだ。

考えてみれば、湯治に来てから女の肌に触れていない。江戸にいると、頼まれもしないのに、あっちこっちから常に誘いがかかり、どうか抱いてくれろと身を投げ出す女がいくらでもいるから、二日に一度くらいは女体を味わった。

これほど長く女の肌に触れなかったのは、あまり記憶がない。

だからと言って、女に飢えていたわけでもない。

箱根の湯に浸《つ》かって、心と体の傷を癒やすことで十分に満ち足りていた。体力も落ちていたせいか、猪母真羅もずっとおとなしくしていた。

その猪母真羅が眼前の女に強く反応したのは、つまり、愛之助の体力が回復し、少なくとも肉体的な傷はほぼ癒やされたということなのであろう。

とは言え、相手はどこの誰とも知れない、初対面の女である。いきなり手出しするわけにもいかない。

「失礼」

湯から上がると、愛之助は女の横を通り過ぎる。

女の目は猪母真羅に吸い寄せられたままだ。

脱衣所に入っても、愛之助は背中に女の強い視線を感じた。

二

愛之助が部屋に戻る。

一人部屋である。

湯治宿では、普通は相部屋で、ひとつの部屋を湯治客が何人かで使う。六畳くらいの広さだと四人で使う。それを独り占めするのは、かなりの贅沢と言っていい。

金を出せばいいというものではなく、愛之助も最初は一人部屋を断られた。そこでモノを言うのが身分である。江戸の北町奉行の弟で、大旗本・麗門家の次男だと身分を明かすと、掌《てのひら》を返すように対応が変わり、すぐさま一人部屋を用意してくれた。

権力を振りかざすようなやり方を、普段、愛之助は好まないが、それが役に立つこともある。

風呂から上がって部屋に戻るときに、帳場で、酒と肴《さかな》を部屋に運ぶように頼んだ。

女中が酒と肴を運んでくると、酒を飲み始める。

（ずっと、こうしていたいものだ。血の匂いとは縁のない生活ができぬものか……）

夢の夢だとわかっているが、ほんの一時でも、そんな夢に身を委ねたいと願わずにいられない。

「失礼いたします」

廊下で女の声がする。

襖《ふすま》を引いて、部屋に入ってきたのは、さっき湯殿で出会《でくわ》した美しい女である。

「……」

愛之助が膳部に盃《さかずき》を置く。

「先程は申し訳ありませんでした。わたしのせいで、湯殿から追い出してしまったようで」

「ちょうど出ようと思っていたところですよ。湯に浸かりすぎて、のぼせてしまった」

「どうでしょう、わたしの体、気に入っていただけましたか？」

「え」

「そちらさまの、それが、むくむくと大きくなって、どこまで大きくなるのかと驚きました。最後まで見届けたい気持ちでしたわ」

「そんなことになったら、わたしもおとなしく湯殿から出なかったかもしれませんよ」

「まあ」

女はにこっと微笑《ほほえ》むと、帯を解いて浴衣《ゆかた》を肩から落とす。色白の均整の取れた、すらりとした肉体が露わになる。

愛之助も立ち上がり、着ているものを脱ぎ捨てる。

下帯を外すと、すでに猪母真羅は怒張している。

「ご挨拶が遅れましたが、孔雀《くじゃく》と申します」

「わたしは、麗門愛之助」

「後からだと驚くかもしれませんので、最初に見せておきたいと存じます」

「見せる？　何をですか」

「これです」

孔雀が愛之助に背を向ける。

「おおっ」

思わず愛之助の口から声が洩れる。

孔雀の背中には色鮮やかな刺青《いれずみ》が彫られている。真っ赤な装束を身に着け、右手に剣、左手に宝珠を持った天女で、白狐《びゃっこ》に跨《また》がっている。

「すごいな」

「茶枳尼天をご存じですか？」

「ダキニ？」

「元々は人の肉を食らう恐ろしい悪神でしたが、改心して福をもたらす神になったのです。心から崇《あが》め奉《たてまつ》って敬えば福を授けて下さいますが、敬う心を失うと恐ろしい祟《たた》りをなすと言われております」

「そんな恐ろしい神さまを背負っているのは大変でしょうね」

「はい」

孔雀がうなずく。

「でも、そのおかげで、わたしは、お金にも男にも不自由せず、安穏に好きなことをして暮らしていられます。不幸な目に遭ったこともありませんし、何より、いくつになっても、若さと美しさを保っていられるのです。わたし、図々しいでしょうか？」

「そんなことはない。あなたは若く見えるし、とても美しい」

口にしてから、愛之助はハッとする。

若く見えるという言い方は、つまり、実際の年齢よりは若く見えるということで、本当に若いとは思っていないとも解釈できる。

湯殿で見たときには湯煙でぼんやりしていたし、今も肉体は若々しく見えるが、そばで顔を見ると、目尻に小皺《こじわ》があるし、ほんの少しだが染みもあるから、

（三十は超えているのではないか）

と思われる。

数えきれぬほどの女を抱いてきたから、女を見る愛之助の目はかなり肥えている。

だから、つい本音を口にしてしまった。

失礼な言い方をして気を悪くしなかっただろうかと心配になるが、孔雀の表情には何の変化もない。気付かなかったのだろうか、それならいいのだが、と愛之助はホッとする。

「見たところ、愛之助さまは二十五、六というところではないでしょうか、いかがです？」

「二十六です」

「やっぱりね。わたし、いくつに見えますか？」

「ええっと……」

やはり気が付いていたか、と愛之助は、内心、臍《ほぞ》を噛《か》む。

「もういいわ」

孔雀がつつつっと愛之助に近付く。

「年齢の話はやめておきましょう。興醒《きょうざ》めですもの。ね？」

孔雀が愛之助の猪母真羅を両手でそっと包む。

すると、その手の中で、猪母真羅は更に大きくなっていく。

「口を吸って下さいますか？」

「うむ」

孔雀は愛之助の腕にすっぽり収まってしまうほど小柄である。孔雀の柔らかな体を抱き、
愛之助を見上げる孔雀の口を吸う。

互いの舌を絡ませ、唾液を吸い合う。

顔を離すと、愛之助はじっと孔雀を見つめ、

「あなたの口は甘いな」

「もっと」

孔雀が舌を出し、唇を嘗《な》める。

その間も孔雀の手は愛之助の猪母真羅を愛撫《あいぶ》している。

愛之助が孔雀を抱き上げ、寝間に連れて行こうとしたとき、

「まあ、何ということでしょう」

女の声がして、愛之助がハッと振り返る。

帰蝶《きちょう》が襖の前に立っている。旅姿である。

「明日着く予定でしたが、早めにやって来たのですよ。そうしたら、こんな有様だとは

「……」

　愛之助は孔雀を下ろす。

　孔雀は二人の顔を見比べ、浴衣を拾い上げると、

「とんだお邪魔さまでございました」

　手早く浴衣を着ると、帰蝶に軽く会釈《えしゃく》して部屋から出て行く。

「何の真似《まね》だ？」

　愛之助が帰蝶を睨《にら》む。

「まず、何かお召し物を」

　帰蝶がおかしそうに口を押さえる。

「あ……」

　愛之助も全裸なのである。

　しかも、まだ猪母真羅は元気だ。

　愛之助が慌てて浴衣を羽織る。

　膳部を引き寄せ、床にあぐらをかいて不機嫌そうに酒を飲み始める。まだ体が火照《ほて》っている。

　帰蝶は、愛之助から離れて行儀よく正座する。

「そんな格好で……。江戸から来たのか?」

「はい。今し方、着いたところです」

「何とも間の悪いことだな」

「お邪魔するのは悪いかとも思いましたが、明日の朝までは待てませぬので」

「朝までとは言わぬ。せめて半刻(一時間)くらい待てばよかろうに」

「あれは悪い女ですよ」

「なぜだ? 背中の彫り物のせいか?」

「真っ当な女は荼枳尼天を背負うような真似はしません」

帰蝶がぴしゃりと言う。

「ほう、すぐにわかったか?」

「わたしも女ですから、女神である荼枳尼天は敬っておりますよ」

「そうか」

「あれは男を食らう魔物です。それだけではありません。部屋を出るときにわたしを見た目、あれは人殺しの目ですよ」

「孔雀は人殺しだったか」

「孔雀というのですか? 図々しい」

帰蝶が顔を顰《しか》める。

「背中に荼枳尼天、名前は孔雀明王《みょうおう》。いったい自分を何様だと思っているのかしら」

「帰蝶は女には手厳しいようだ」

愛之助がおかしそうに笑う。

「で、用件とは？」

「すぐに江戸に戻ってほしい、とのことです」

「また人を斬らねばならぬのか」

愛之助が舌打ちする。

「わたしには何とも……」

「これから発《た》つのか？」

「夜道は危のうございます。夜が明けたら出発しましょう」

「ならば、寝る」

愛之助がごろりと横になる。

「ここにいても構いませぬか？」

「好きにしろ。そっちで寝てもいいぞ。おれはここでいい」

愛之助が寝間を顎でしゃくる。

三

「ちくしょう」

部屋に入るなり、孔雀は舌打ちする。

床にあぐらをかいて坐り込むと、

「荒瀬《あらせ》、酒だ」

と怒鳴る。

愛之助の前にいたときの女らしさや淑《しと》やかな雰囲気は消えている。

茹《ゆ》でたタコのように真っ赤な顔をした、牛のように大きな男がのっそりと立ち上がり、孔雀の前に大徳利《おおどっくり》と茶碗を持ってくる。すでに床には大徳利が何本も転がっているから、この荒瀬という大男が一人で酒を飲んでいたのであろう。

荒瀬は三十歳である。孔雀より三つ下だ。

つまり、孔雀は三十三歳の大年増《おおどしま》ということで、三十過ぎではないかと考えた愛之助の見立ては正しかったわけである。

「どうなさったんですか、今夜は戻らないと思っておりましたのに」

「余計な邪魔が入っちまってのう。温泉宿でなければ、あんな憎らしい女、ぶっ殺してやったのだが」

孔雀が片膝を立てて、荒瀬に茶碗を突き出す。

浴衣がめくれ、孔雀の陰部が露わになるが、荒瀬は気にする様子もなく、

「どうぞ」

と酒を注《つ》ぐ。

「うむ」

孔雀がごくごくと喉を鳴らして酒を飲む。

たちまち茶碗を空にし、また突き出す。

荒瀬が酒を注ぐ。

「随分と機嫌が悪そうですね」

「ああ、すごい獲物を見付けたのに、横からさらわれちまったのさ。もうちょっとでくわえ込めそうだったのに、旅姿の女がいきなり部屋に入ってきた」

「それは興醒めでしたねえ」

「まったくだ。くそっ、あれは、うまそうな男だったぞ」

孔雀が悔しがる。

「ふふふっ、お頭の男好きにも困ったもんですねえ。ちょっと気に入った男がいると、すぐにくわえ込もうとするんですから」

「うるせえよ」

「わしでよければお相手しますぜ」

「ふんっ、おまえのくされ真羅なんぞ、もう飽き飽きさ。図体はでかいくせに真羅は小さいし、しかも、すぐにいっちまいやがる。自分だけ気持ちよくなりやがって、こっちが楽しむ暇もない」

「それは、わしのせいじゃありませんぜ。お頭の観音さまの具合がよすぎるんですよ。わしだって、他の女を抱くときには、もうちっと長持ちしますぜ」

「無駄口を叩かずに酒を注げ。もうないぞ」

「お頭は底なしですからねえ」

「肩でも揉《も》め」

「へい」

荒瀬が孔雀の背後に回って肩を揉み始める。

「うむ、なかなか気持ちいいぞ。誰にでも取り柄はあるものよのう」

「へへへっ、ありがとうございます」

「それにしても、あの真羅はすごかった。あんなでかい真羅を見たのは初めてでだ。食いたかったぞ」

「そんなにでかいんですか？」

「おまえの真羅の三倍、いや、四倍はあったな」

「ははは、この世にそんな真羅があるはずありませんぜ。馬なら別ですがね」

「おれが嘘をついていると言うのかよ？」

「滅相《めっそう》もない」

「本当の話さ。おまえにも見せたいもんだ」

「本当だとしたら、すごいや。一度拝みたいもんです。その御利益で、わしの真羅も大きくなるかもしれませんからね」

「肩はもういい。乳を揉め」

「いいんですかい？」

「優しくだぞ」

「へい」

浴衣の帯を解くと、孔雀の胸元をくつろげ、荒瀬が背後から孔雀の乳房をわしづかみにする。

「力を入れすぎだ。優しくと言っただろう」

「すみません」

力を抜いて、荒瀬が掌で乳房を揉み上げる。

「いい気持ちだ。乳首もつまんでくれ」

「承知しました」

指示されたように乳房の愛撫を続けると、孔雀の口から喘《あえ》ぎ声《ごえ》が洩れる。

「陰門が濡《ぬ》れてきたぞ。どんどん溢《あふ》れてくる」

「よかったら、そこも指で……」

「自分でやる」

孔雀は両足を大きく開くと、自分の指で陰門を愛撫し始める。

「おい、背中が痛いぞ」

「すみません。興奮しちまって」

荒瀬の真羅が大きくなって、孔雀の背中をぐいぐい押しているのだ。

「これじゃあ、生殺しですぜ。抱かせてもらえませんか」

「駄目だ。宿の飯盛《めしも》り女でも抱くがいい。今夜は、おまえの小さい真羅に用はないんだ」

孔雀は自分の指で陰門を刺激し、荒瀬は孔雀の乳房を愛撫する。傍《はた》から見ればおかしな光景だが、二人は大真面目なのであった。

やがて、孔雀は、

「あ」

と体を反らし、両足を伸ばして全身を痙攣《けいれん》させる。

その直後、ぐったりとなって、荒瀬にもたれる。

「酒はもういいんですかい？」

「眠い」

孔雀は目を閉じており、すぐに口から寝息が洩れる。

荒瀬は孔雀を抱き上げると、寝間に運んで布団の上に横たえる。掻《か》い巻《ま》きをかけると、静かに部屋から出て行く。飯盛り女でも買いに行くのであろう。

四

物音がして、孔雀が薄く目を開ける。

「ううっ……」

荒瀬が部屋に入ってきたところだ。

「すみません。起こしちまいましたか」

「頭が痛い。飲み過ぎたかな。水をくれ」

「へい」

水差しと茶碗を手にして、荒瀬が孔雀に近付く。

寝相が悪いのか、浴衣が脱げてしまい、ほとんど全裸である。布団の上に体を起こすと、形のいい乳房が揺れる。

「どうぞ」

荒瀬が水を注ぐ。

「うむ」

孔雀がうまそうに水を飲む。

「もう夜が明けたか」

「へい」

「なぜ、女の部屋で寝なかった？」

「追い出されちまいまして」

「は？」

「お頭の乳を揉んだせいか、わしの真羅もすっかり元気になっちまいまして、何度も抱いているうちに、女が怒り出しちまったんです。もう眠いから出て行ってくれって」

「それで、のこのこ戻って来たのか？」

「とんでもない女ですぜ。普通の二倍の金を払ったっていうのに」

「で、何回やったんだ？」

「四回……いや、五回だったかな」

「馬鹿野郎。二倍じゃ割が合わないだろう。女が怒るのも無理はない。ケチ臭い男だな。だから、真羅も小さいんだよ」

「そうですかねえ」

「どれ、朝湯にでも浸かってくるか。あの猪母真羅の侍に会ったら、今度は湯殿でくわえ込んでやるのだが、さすがにこんな朝っぱらから湯殿にはいないかな」

「そう言えば、ついさっき出立した二人連れがいましたぜ。男の方はすらりと背が高く、女の方は小股の切れ上がったいい女でした」

「何だと？」

孔雀の表情が険しくなる。

「その二人の様子をもっと詳しく話せ」

「はあ……」

荒瀬が首を捻りながら、その男女の特徴を詳しく説明する。

「それは、ゆうべの男だ。ちくしょう、こんなに早く出立したのか。どこに行った？」

「江戸じゃないんですかね。宿の者と江戸の話をしてましたから」

「その男のことをもっと詳しく調べろ」

「宿の者に袖の下を渡せば、宿帳くらい見せてもらえるでしょうが……」

「いくらでも金を使え。ケチるんじゃないぞ」

「よほど、ご執心ですねえ」

ふふっ、と荒瀬がおかしそうに笑う。

「何がおかしい？」

孔雀が荒瀬を睨む。

「お頭の男好きは今に始まったことじゃありませんが、それにしても度が過ぎているようですから」

「あんなすごい真羅に出会ったのは初めてだからな。何としてでもくわえ込んでやる」

五

愛之助と帰蝶は夜明けと共に宿を出た。

宿を出ると、

「わたしは先に行かせていただきます」

「夫婦《めおと》の振りをして、江戸まで一緒に帰るのではないのか？」

「それは宿の者を欺《あざむ》く方便でございます。もう必要ありません」

「そうか」

「もう少し急ぎませんと、今日中に江戸に戻ることができませんよ」

「おまえと一緒にするな。そんなに歩けるものか。今夜は藤沢あたりで宿を取るつもりだ」

「のんきでございますね」

ほほほっ、と帰蝶が笑う。

「ふんっ、帰ってこいと言われれば江戸に戻るさ。だが、おれは早飛脚《はやびきゃく》のように走ることはできない」

「では、どうぞ、ごゆるりと」

にこっと笑うと帰蝶は愛之助を置き去りにして先に行ってしまう。

「勝手にしろ」

愛之助は機嫌が悪い。

せっかく、箱根でのんびり過ごしていたのに、強引に江戸に戻らされることに腹を立てているのだ。

（できるだけゆっくり戻ってやる）

と子供染みた仕返しを考える。

のろのろと旅を続けるが、ふと視線を感じて振り返ると、帰蝶がこっちを見ていたりする。つかずはなれず、さりげなく愛之助を見張っているわけである。常に帰蝶に見張られているとなれば、そう落ち着いていることもできず、結局、ごく普通の旅人のように箱根を出て二日後には江戸に戻った。

六

愛之助が井筒屋《いづつや》に戻ると、お美代《みよ》とお藤《ふじ》が大喜びする。そんな二人を見て、宗右衛門《そうえもん》が渋い顔になる。

お美代が酒と肴を用意するために席を外すと、

「どうだ、留守中に天河が訪ねてこなかったか？」

さりげなく愛之助がお藤に訊《き》く。

天河鯖之介とお藤が出合い茶屋で密通していたことを愛之助は知っているのだ。

「一度もいらっしゃいませんでしたよ」

お藤が澄まし顔で素っ気なく答える。

（鯖之介め、お藤にも捨てられてしまったかな）

初めてお藤と出合い茶屋に行ったとき、中折れして使い物にならなかったと鯖之介が嘆いていたことを思い出す。お藤は密《ひそ》かに自分用の張形《はりがた》を所蔵しているほど性欲が強い女だから、鯖之介の手に余るのではないかと考えたわけである。

「そう言えば、お美代の嫁入りは、どうなっている？」

何気なく愛之助が訊く。

「え……。ああ、そうですね、それがその……」

　お藤が口籠《くちご》もる。

　そこにお美代が戻ってくる。

「あら、何だね、おまえ、せっかく先生がお帰りになったのに、そんな肴しかなかったのかい」

　お美代がお盆に載せて運んできたのは、目刺《めざ》しと漬物、冷《ひ》や奴《やっこ》なのである。

「幹太《かんた》を惣菜屋《そうざいや》に走らせれば、いくらでも美味《おい》しそうな肴を用意できるだろうに」

　どれ、わたしが言いつけてこよう、とお藤が腰を上げる。愛之助との会話を体よく切り上げた感じである。

「お藤にも訊いたところだが、おまえ、嫁入りはどうなったんだ？」

　愛之助がお美代に訊く。

「断られました」

「え」

「だって、怪しい男たちに拐《かどわ》かされちまったんですから、何もないと言っても誰も信じてくれませんもの。どうせ手込めにされた傷ものなんだろうと思われますよ」

「……」

　愛之助が言葉を失う。

「あ、気にしないで下さいね。わたし、全然平気ですから。最初からお嫁になんか行きたくなかったんですから」

「すまぬ。おれのせいで……」

「だから、気にしないで下さいと言ったのに」

あはははっ、とお美代が明るく笑う。

そこに、

「お待たせいたしました」

松之輔《まつのすけ》が酒を運んでくる。

「ちょうど上方からいい酒が入ったところです。最初の一口をぜひ先生に召し上がっていただきたいと思いまして」

「おれは、いつもの濁り酒《にござけ》でいいんだぜ。申し訳ないが、今は懐《ふところ》が淋《さび》しい」

「失礼ながら、松之輔に奢《おご》らせて下さいませんか」

「まあ、気が利くわね」

お美代が微笑むと、松之輔はいかにも嬉《うれ》しそうに相好を崩す。

その顔を見て、

（なるほど、破談になって喜んでいる者もいるということか）

愛之助は納得する。

七

「せっかくだから、もう二日くらいのんびりしてもよかったんじゃありませんかねえ」

荒瀬がぼやく。

「いつまでそんなことばかり言ってるんだよ。十分にくつろいだだろうに。うまいものを食って、温泉に浸かって、飯盛り女まで抱いてよ」

孔雀がふんっと鼻を鳴らす。

「それはそうですが、箱根でのんびりするなんて滅多にありませんからね。つくづく、あの侍が恨めしいですぜ」

「あんな立派な真羅を見ちまったら、他の男のことなんか考えられなくなるさ。ああ、思い出すだけで体が疼《うず》いてくるぞ」

孔雀が小さな溜息を洩らす。

「お頭の男好きにも困ったもんだ」

荒瀬が苦笑いをする。

「一目惚《ひとめぼ》れってやつさ。あんな男には滅多に出会えるものじゃないからな」

愛之助が早朝に宿を引き払ったことを知った孔雀も、当初の予定を切り上げて江戸に戻ることにした。割を食った格好の荒瀬がぼやいているわけであった。

箱根から品川までは駕籠《かご》を雇ったが、そこからは徒歩である。

二人は両国《りょうごく》の北、平右衛門《へいえもん》町の船宿「ひばり」に足を向ける。「ひばり」の主《あるじ》は荒瀬である。

近くには船宿がいくつもあるが、その中で「ひばり」は最も冴《さ》えない船宿かもしれない。滅多に客が来ないのである。古びた舟が一艘《いっそう》あるだけだし、料理がうまいわけでもない。傍目には、いつ廃業してもおかしくない状態に見えるが、それでも細々と営業を続けている。それも当然で、荒瀬は船宿での稼ぎなど、どうでもいいのである。たとえ無収入でも困らない。「ひばり」は孔雀一味の隠れ蓑《かくれみの》、すなわち、盗人宿《ぬすびとやど》なのだ。

江戸という町は身元保証に実にうるさい。裏店《うらだな》で暮らすにも請人が必要なのだ。正業を持たない人間も怪しまれる。

それ故、江戸に腰を据えて盗賊として生きていくには、世間から怪しまれることのない仕事を持ち、どこかに住まわなければならない。

長く裏社会で生き抜き、多くの稼ぎを手に入れている盗賊団ともなれば、複数の盗人宿を構えているのが普通である。

「ひばり」には次郎吉《じろきち》という二十六歳の船頭兼料理人がいるが、次郎吉も盗賊団の一味だ。

日本橋南の左内町《さないちょう》には「下総屋《しもうさ》」という古手屋があり、海老蔵《えびぞう》という四十の中年男と岩松《いわまつ》という三十二歳の無口な男が商いをしているが、そこもまた孔雀一味の盗人宿である。

孔雀自身は、荒瀬の囲い者という体裁を取り繕って、平右衛門町からほど近い茅町《かやちょう》の、こぢんまりとした表店で暮らしている。

押し込みをすると、仲間のうち一人か二人は死んでしまう。押し込み先で抵抗されて死んだり、捕り方との格闘で死ぬのである。欲をかいて孔雀を裏切ろうとして粛清《しゅくせい》される者もいる。

それ故、押し込みの後には、新しい仲間を補充するのが恒例になっている。

前回の押し込みの後、万蔵《まんぞう》と源八《げんぱち》という、裏社会ではそこそこ名前の知られた男たちを、孔雀は仲間に迎え入れた。

箱根に湯治に出かける前、孔雀は江戸に残る手下たちに次の押し込み先について調べておくように指示を出した。江戸に戻るや、真っ直ぐ「ひばり」に向かったのは、その下調べについて聞きたいからでもある。箱根の宿を出るときに早飛脚を走らせたので、手下どもは孔雀の帰りを「ひばり」で待っているはずである。

「おう、帰ったぞ」

店先を竹箒《たけぼうき》で掃いている次郎吉に荒瀬が声をかける。

「あ、お帰りなさいまし」

驚いたように顔を上げると、次郎吉が荒瀬に丁寧に腰を屈《かが》める。孔雀には、ちらりと視線を投げただけである。外では誰が見ているかわからないから、普段はあくまでも荒瀬の囲い者として冷たく対応するように孔雀が命じてあるのだ。

「……」

孔雀が目を細めて次郎吉を見る。

次郎吉が荒瀬に声をかけられ、荒瀬に顔を向けたときの、落ち着きのないおどおどした態度に不審を抱いたからである。

女の身でありながら、盗賊団の頭として荒くれ男たちを自在に操ることができている理由はいくつかあるが、その理由のひとつが研ぎ澄まされた直感である。危険を察知する感覚は天賦《てんぶ》の才というしかない。

「他の者たちは？」

荒瀬が訊く。

「二階で待ってます」

「おまえは、ここにいるんだぜ。よく見張れ」

「はい」

次郎吉がまた掃き掃除を始める。

普通なら、足を洗う手桶《ておけ》を用意するところであろうが、次郎吉は、ちょっと血の巡りが悪く、気の利かないところがある。

荒瀬が手桶を用意し、上《あ》がり框《かまち》に腰を下ろした孔雀の足を洗ってやる。

「汗をかいたから、まず風呂にでも入りたいところですがねえ」

「それは後だな。まずは仕事だ。話を聞こう」

孔雀が腰を上げ、階段を上る。

手早く足を洗うと、荒瀬も孔雀の後を追う。

孔雀が襖を開ける。

源八と岩松がいる。

源八はあぐらをかいて酒を飲んでいる。

「お頭、お帰りなさいまし」

軽く頭を下げるが、姿勢を改めようとはしない。

「他の二人は、どこにいる？」

孔雀が坐りながら訊く。万蔵と海老蔵がいない。

孔雀の後ろに荒瀬も腰を下ろす。

「海老蔵は具合が悪いらしく、寝込んでるみたいですぜ」

源八が答える。

「寝込んでいるだと？」

本当か、と孔雀が岩松に訊く。

岩松が曖昧《あいまい》な返事をする。孔雀の目を見ようとしない。

「へ、へえ……」

「万蔵は？」

「あいつは厠《かわや》です。すぐに戻りますよ」

「お頭、酒でもどうですか？」

源八が徳利を持ち上げる。

そのとき、

「戻りましたぜ」

廊下で男の声がする。万蔵である。

万蔵は部屋に踏み込んでくるや、手にしていた太い棍棒《こんぼう》で荒瀬の後頭部を殴る。

うわっ、と叫んで荒瀬が横倒しにひっくり返る。

万蔵が荒瀬を何度も棍棒で殴る。

血溜まりの中に倒れたまま、荒瀬が動かなくなる。

「どういうつもりだ？」

驚いた様子もなく、孔雀が冷静な声で訊く。

「見ての通りですよ。これからは、わしら二人が仕切る。あんたも命が惜しければ、下手《へた》に逆らったりしないことだ」

源八がにやりと笑う。

「海老蔵は、どうした？　寝込んでいるというのは嘘なんだろう」

「生意気にあんたに義理立てして、わしらの言うことを聞かないから、ちょいと痛めつけてやったのさ。おい、そこを開けな」

源八が岩松に命ずる。

岩松はのろのろと立ち上がると、隣の部屋の襖を開ける。縛られ、猿轡《さるぐつわ》をされた海老蔵が転がされている。かなり殴られたのか顔が腫れ、血がこびりついている。

「ううう……」

孔雀に何事かを訴えようとするが、言葉を発することができない。

「ふうん、そういうことか。言うことを聞かない海老蔵を痛めつけ、次郎吉と岩松は脅して言いなりにしたわけだな？」

「ああ、そうだ」

「で、おれをどうするつもりなんだ？　おまえたちの手下になればいいのか？　それとも、体を差し出せばいいのか」

「それも悪くねえ」

背後から、万蔵が孔雀に抱きつき、荒々しく乳房を揉む。

「前々から、いい女だと思ってたんだ。たっぷり、かわいがってやるぜ」

「おまえの小さい真羅が背中に当たってくすぐったいのう」

「何だと、生意気な女だな。ぶっ殺すぞ」

万蔵が孔雀の首を絞めようとする。

「まあ、待てって。殺してもいいが、その前にお宝の在処《ありか》をしゃべってもらわねえとな。去年と今年、二回の押し込みをして、少なく見積もっても三千両くらいは手に入れたはずだ。岩松や次郎吉は大してもらってないというから、あんたが独り占めしたようなもんだろう。どこに隠してある?」

「さあ、知らないね。何かの間違いじゃないのかい」

「しらばくれるつもりかよ。まあ、いいさ。いくらでも口を割る手段はあるんだ」

源八が懐から小刀を取り出す。鞘《さや》から抜くと、

「きれいな顔をずたずたにしてもいいんだぜ」

刃の部分で孔雀の頰をぴしゃぴしゃと叩く。

「ううっ……むむ……」

血溜まりに倒れている荒瀬が呻《うめ》き声《ごえ》を発する。

「ちぇっ、しぶとい奴《やつ》だぜ。まだ生きてやがったのか。おい、とどめを刺せよ」

源八が舌打ちする。

「面倒なデブだぜ」

棍棒を手にして万蔵が立ち上がったとき、素早く孔雀が動く。身を乗り出して、源八の手から小刀を奪うと、左手で髷《まげ》をつかんで源八を仰《の》け反《ぞ》らせ、右手の小刀で源八の喉を切り裂く。振り向きざま、その小刀を万蔵のふくらはぎに突き刺す。

ぎゃっ、と叫んで万蔵が尻餅《しりもち》をつく。

孔雀が立ち上がる。

「おれに逆らうとは、いい度胸だ。これからは自分たちが仕切るだと？　手下になれだと？　かわいがってやる？　お宝を差し出せ？　てめえら、誰に口を利いてやがる。てめえの腐れ真羅を抉り取ってやろうか」

「く、くそっ」

万蔵が棍棒を手にして立ち上がろうとする。

が、その首根っ子を、荒瀬が押さえる。自分の血で顔が真っ赤だが、目だけはぎらぎらしている。憎悪に満ちた眼差《まなざ》しで万蔵を見る。

「お頭、この野郎、わしの手でぶっ殺していいですか？」

「ああ、好きにしな。大恥をかかされたんだ。思い知らせてやるがいいさ」

「ありがてえ」

万蔵を床に倒すと、荒瀬が馬乗りになる。

両足で万蔵の両手を押さえる。

「わしの顔をよく見ろ。これがこの世の見納めだぜ」

「けっ、何を言って……」

うぎゃーっ、と万蔵が悲鳴を上げる。

荒瀬が万蔵の顔を押さえ、両目に左右の親指を突っ込んだのである。親指をぐりぐりとこね回すと、焼いたサザエを壺《つぼ》から引っ張り出すように万蔵の眼球を抉り出す。

万蔵がひーひー泣き喚《わめ》く。

「うるせえ奴だ。ガキみたいに泣きやがる。どれ、口を閉ざしてやろう」

抉り取った眼球を万蔵の口に中に押し込み、力任せに鼻と口を殴る。何度も殴るうちに悲鳴も出なくなる。

荒瀬はよろよろと立ち上がると、

「クズが」

と吐き出し、右足で万蔵の顔を踏みつける。

万蔵は一瞬、体を大きく痙攣させ、それきり動かなくなってしまう。

「うげ……」

左手で首を押さえながら、源八が後退《あとずさ》る。指の間から、だらだらと血が流れている。

小刀で切られたものの、刃が小さいので致命傷にはならなかったのだ。

しかし、目の前で万蔵がなぶり殺しにされ、すっかり震え上がっている。

「その野郎もぶっ殺しますか？」

荒瀬が訊く。

「おまえは手出しするな」

孔雀は岩松に顔を向ける。

「おまえがやれ。おれを裏切ろうとした罰だ。こいつを殺さないのなら、おれがおまえを殺すぞ」

「裏切ろうとしたわけじゃないんです。海老蔵さんが痛めつけられちまったから怖くなって……」

「そうだろうな。だけど、これでわかったはずだぞ。こんな奴らより、おれの方がずっと怖いってことが。さあ、どうする？」

「やります。やりますとも」

ごくりと生唾《なまつば》を飲み込むと、岩松は万蔵のそばに落ちている棍棒を拾い上げる。このクソ野郎、死んじまえ……岩松が棍棒を振り上げて、源八を容赦なく殴る。何度も何度も殴る。源八が動かなくなっても殴り続ける。

「もういい。とっくに死んでるよ」

孔雀が止める。

肩で大きく息をしながら、岩松が棍棒を離す。

「下に行って、次郎吉に酒と肴を用意するように言え。それから湯を沸かせ。薬と晒《さら》しも持ってこい。荒瀬の手当もしないとな。ちょっと待て。下に行く前に海老蔵の縄を解いてやれ」

ああ、疲れちまったな、と孔雀があぐらをかいて坐り込む。

八

「わしの仕事は何だと思う?」

書見台から顔を上げ、愛之助に体を向けると、雅之進が訊く。

「北町奉行として江戸の町や江戸に住む者を守ることではないか、と」

「その通りだ」

雅之進が自分の膝をばしっと掌《て》で叩く。

「それこそ、わしの仕事なのだ。にもかかわらず、なぜか、おまえの尻拭いばかりさせられている」

「申し訳ございません」

「本当に悪いと思っているのか?」

「もちろんです」

「嘘をつくな。それならば、なぜ、さっさと挨拶に来ない。なぜ、こちらから呼びに行くまで知らん顔をしている？」

「……」

咄嗟《とっさ》に言葉が出てこない。

今朝、十手持《じっても》ちの松蔵《まつぞう》が井筒屋にやって来て、雅之進が呼んでいる、すぐに来てほしい、と言われて、仕方なく重い腰を上げたのは事実なのである。

雅之進の指図で愛之助は箱根に湯治に行った。雨海藩の刺客たちと立ち合い、何人も斬るような真似をしてしまったから、雅之進はその後始末をせざるを得ず、愛之助が江戸にいない方が何かと好都合だと判断したのだ。

江戸にいると問題ばかり起こすから、少なくともひと月くらい、何ならもっと長く箱根に逗留《とうりゅう》しても構わぬ、と雅之進から言われた。

にもかかわらず、十日ほどで帰ってきた。

しかも、帰ってきたのに挨拶にも来ないのだ。

雅之進が怒るのも当然であろう。

「おまえは知るまいが、雨海藩との悶着《もんちゃく》を収めるのは大変だったのだ」

「あれは向こうが仕掛けてきて……」

「黙って聞け」

「おまえにも言い分はあるだろう。しかし、どんな理由があるにしろ、江戸の町中で斬り合いを演じ、何人も斬殺するようなことをすれば、ただでは済まぬのだ。わしの胸ひとつで収められることではないから、若年寄さま、老中さまにも事情を説明しなければならず……」

「はい」

雅之進は、自分がどれほど苦労したか、下げたくもない頭を何度下げなければならなかったか、時折、愛之助に対する嫌みや当てこすりを交えながら、延々と語り続ける。

それを聞いているうちに、愛之助はめまいがしてくる。

「何とか丸く収めることができた。これで麗門の家名にも傷がつかずに済む」

ふーっと大きく息を吐くと、喉が渇いたのか、茶を飲み始める。

「なぜ、こんなに早く江戸に戻って来たのだ？」

「はあ……まあ、いろいろありまして」

老中・本多忠良の命令で戻ったのだとは言えないから、曖昧に口を濁す。

「馬鹿者め。勝手な真似をするな」

「正直、自分としても、もっとのんびり箱根で過ごしたかったのですが……」

「言い訳するな」

「すみません」

「父上に顔を見せに行け。心配していたぞ」

そう言うと、右手を挙げて軽く振る。話は終わりだ、出て行け、というのであろう。

（おれは犬ころじゃねえんだぞ）

一瞬、ムッとするが、これ以上、雅之進の顔を見ているのも嫌なので黙って腰を上げる。

九

「だいぶ、絞られたようですね」

普段、あまり表情を変えない松蔵が口許に笑みを浮かべる。

「あの人は苦手だよ」

「お兄さまじゃございませんか。心配なさっているんですよ」

「そう、麗門の家名に傷がつくことを、な」

「どうです、うちに寄っていきませんか。さっぱりしますよ」

松蔵の本業は長濱町《ながはまちょう》の風呂屋で、普段は女房のお清《きよ》が切り盛りしている。

「そうだな……」

どうしようかと迷うが、これから番町《ばんちょう》の実家に顔を出さなければならないことを思い出し、

（風呂に入るのは、その後の方がいいな）

と考える。

「これから番町だ。面倒なことを先に済ませるよ」

「そうですか。お清が残念がるでしょう。先生の顔をしばらく見ないと、先生を連れてこい、連れてこい、とうるさいもんですから」

松蔵が苦笑いをする。

「近いうちに行くよ」

「お願いします」

松蔵は奉行所の前で愛之助を見送る。

十

愛之助が歩いていると、背後から誰かがぶつかってくる。

「ご無礼をいたしました」

振り返ったのは帰蝶である。

「ああ……」

愛之助が顔を顰める。今夜あたり、また人を斬れ、という伝言を伝えに来たのであろう、と思った。

が、そうではなかった。

「急ぎの用件はなくなった、そう御前さまからの伝言でございます」

「は？」

「ご機嫌よう」

にこっと微笑んで帰蝶が歩き去る。

「どういうことなんだ、これは？」

愛之助が、ちっ、と舌打ちして、また歩き出す。

（これは、よかったのか悪かったのか……）

指示されるがまま、見ず知らずの旗本の子弟を斬るのは、今の愛之助には苦痛である。

たとえ相手が成敗されても仕方のないような悪辣《あくらつ》な振る舞いをしたとしてもである。

その嫌なことがなくなったのだから、もう少し喜んでもよさそうなものだが、

（こうなるのであれば、急いで箱根から戻る必要もなかったのだ）

と恨み言も言いたくなる。

面倒なことを忘れ去り、のんびり湯に浸かるのは悪くなかった。浮世の垢《あか》が流れ落ちていくような気がした。

せめて、もう一日、いや半日でも呼び出しが遅ければ、色鮮やかな荼枳尼天の刺青を背

負った孔雀という美しい女を抱くこともできたのだ。

(あれは、いい女だったな)

今思い出しても、股間がむずむずする。

世の中は思うようにいかないものだな、と溜息をついて愛之助がのろのろと歩く。

十一
「何だ、父上は留守ですか」

「愛之助殿がみえるとわかっていれば、待っていらしたと思うのですけれど」

嫂《あによめ》の吉久美《きくみ》が申し訳なさそうに言う。

「どこに出かけたのですか？」

「何も言わずにお出かけになりましたよ」

「最近、よく出かけるのですか？」

「そう言われると、この頃、早い時間から出かけて、お帰りは遅いようです」

「なるほど……」

吉久美の話を聞いて、

(女だな)

愛之助はピンとくる。

父の玉堂《ぎょくどう》は好色な男である。もう六十近い隠居だが性欲はまったく衰えないらしく、遊郭の妓《おんな》だろうと水茶屋の女だろうと気に入ると通い詰めてモノにしようとする。自分の孫のような若い娘が好きなのである。金払いがよく、陽気な性格なので、案外モテるらしい。一年ほど前には縄暖簾《なわのれん》で働く十六の娘に夢中になり、屋敷に迎えて妻にしたいと言い出して雅之進を愕然《がくぜん》とさせた。

（兄上は、おればかりを責めるが、父上の方がよほど遊び歩いているではないか。まあ、いざこざが起こっても、人を斬ったりはしないだろうが……）

堅物で融通の利かない雅之進は苦手だが、玉堂とはウマが合うし、そもそも、玉堂が話のわかる男だから、愛之助も好き勝手に気儘《きまま》に暮らしていられるのだ。玉堂が雅之進のように頭の固い分からず屋だったら、麗門家に愛之助の居場所はなかったはずである。

「それなら出直しましょう」

「ゆっくりなさっていけばいいのに」

「剣術の稽古に行きますよ。箱根でのんびりしすぎて体が鈍《なま》ってしまいましたから」

湯治に出かけたおかげで傷も癒えたし、体力も回復して、すっかり元気になった。久し振りに汗を流したいという気持ちなのである。

十二

陵陽館《りょうようかん》に行くと、門人たちが稽古に励んでいる声が道場から聞こえる。その声を聞くと、愛之助は体がむずむずしてくる。おれは剣術の稽古が好きなのだなあ、と実感する。

道場を覗《のぞ》くと、中央で門人たちにびしびしと稽古をつけているのは天河鯖之介である。

その姿を見て、

（誰にでも取り柄があるものだ）

と、愛之助は感心する。

学問こそ今ひとつだが、剣術の腕は抜群だし、人に教えるのもうまい。勇気もある。戦国時代なら侍大将くらいは務まりそうな器量がある。

にもかかわらず、現実の鯖之介は小普請で埋もれており、家禄だけでは食っていけないので、日傭《ひようと》取りや用心棒で何とか食い繋《つな》いでいる有様である。

何かおかしいのではないか、何かが間違っているのではないか、という気がする。

ふと久保道之助の言葉を思い出す。

久保は御家人でありながら、残虐な盗賊として怖れられる煬帝と共に押し込みを繰り返していた男で、愛之助が斬った。

徳川の世になって、なるほど戦乱がなくなり、天下太平となったが、武士の居場所はなくなり、肩身の狭い思いをしている。幅を利かせているのは悪徳商人とグルになって狡《ずる》賢《がしこ》く立ち回る金に汚い役人ばかりである。そんな世の中を正したい、と久保は言った。

一刻（二時間）ほどたっぷり稽古をして、愛之助と鯖之介は井戸端で汗を流す。

「佳穂《かほ》殿は、今でも道場に来るのか？」

愛之助が訊く。

「最近、あまり顔を見せないようだな。そのせいか、先生もあまり道場に出てこない。先生だけでなく、稽古にやって来る門人も減った」

鯖之介が答える。

「以前の道場に戻ったということか？」

「女に会うために道場にやって来るような不届き者は来なくて結構だ」

「顔を見せないのでは、おまえが佳穂殿と話すこともないわけだな？」

「どうした、何か気になることでもあるのか？」

「佳穂殿のことではない」

「では、潤一郎《じゅんいちろう》か？」

「うむ……」

うなずいてから、ここだけの話にしてもらえるか、と愛之助が言う。

「当たり前だ。おれをおしゃべり男だとでも思っているのか?」

鯖之介がムッとする。気を悪くしたらしい。

「潤一郎がご公儀を批判するようなことを口にしたらしいのだ」

「ご公儀を? それは、ただ事ではないな」

「外に洩れれば、潤一郎だけでなく、唐沢《からさわ》家がお咎《とが》めを受けかねない」

「気持ちはわからぬでもない」

「そうか?」

「あれだけの名家に生まれながら、次男というだけで出世の見込みがない。兄に息子がいれば家を継ぐこともできぬ。一生、飼い殺しの部屋住みだ」

「おれも同じ立場だが、ご公儀を批判したりはしないし、取り立てて不満はないぞ」

「ふんっ、おまえなど、次男とはいえ、女に不自由もせず、食うにも困らず、のんきに暮らしているだけではないか。潤一郎とは違う。あいつは真面目なのだ」

「そういうものか」

「なまじ名家の次男に生まれたせいで、そんな愚痴《ぐち》もこぼしたくなったのだろう。もっとも、おれに言わせれば、それだって贅沢な悩みだ。おれは長男だが、小普請の貧乏御家人の家に生まれたせいで、日々、どうやって食っていくかということだけを考えている。とてもご政道のことにまで頭が回らない」

「どっちもどっちだなあ」

「そういう言い方が気に入らない」

鯖之介が愛之助を睨む。

「おれだって、たとえ貧乏だろうが、若くてきれいな女をいつでも抱けるような立場なら、何の不満もなく生きていけるのだ。ちくしょう、おまえが憎い」

「また、その話か」

愛之助が苦笑いをする。

「少しでも悪いと思うのなら、酒を奢れ」

「別に悪いとも思わないが、酒を奢るのは構わない。久し振りに『うずら』に行くか?」

「よかろう。付き合ってやる」

鯖之介が満足そうにうなずく。

十三

紺屋町《こんやちょう》の縄暖簾「うずら」には美人姉妹がいる。二十歳のお鶴《つる》と、十八歳のお亀《かめ》だ。

二人を目当てに通ってくる常連客も多い。二人の母親・お嶋《しま》が目を光らせているので、迂《う》闊《かつ》に二人にちょっかいを出そうものなら、たちまち店から放り出されてしまう。

愛之助が店に入ると、お鶴とお亀は、今にも黄色い声でも上げそうな嬉しげな笑顔になるが、その後ろから入ってきた鯖之介を見ると笑顔が消える。

お鶴とお亀は、恨めしそうな顔で愛之助を見つめながら注文を取る。愛之助が一人でやって来ると、二人は順番に愛之助の隣に坐り込んで、酌をしたり、話し相手になったりする。他の客に、そんなことはしない。なぜか、お嶋も愛之助には甘く、お鶴とお亀が愛之助にじゃれても叱ったりしない。それどころか、お鶴とお亀を追い払って自分が愛之助の隣に坐り込むことさえある。

ところが、鯖之介がいると、そうはならないのである。

お鶴が酒を、お亀が肴を何品か運んでくるが、木卓に並べると、そそくさと離れていってしまう。

「相変わらず、すごい効き目だな」

鯖之介の猪口《ちょこ》に酒を注ぎながら、愛之助がつぶやく。

「ん？　何の話だ」

「女難を逃れる魔除《まよ》けの話さ」

「こいつ、また、おれを馬鹿にしているな」

今度は鯖之介が愛之助に酒を注いでやる。

愛之助にからかわれていると察しても、それほど機嫌が悪くならないのは、うまい酒とうまい肴を愛之助の奢りで飲食できるという喜びのせいであろう。

「潤一郎もうちの道場に通っていれば、三人で酒を酌み交わすことができたのになあ」

うまそうに酒を飲みながら、鯖之介が言う。

「それは無理だ。最初から新陰流《しんかげりゅう》に入門すると決めていたわけだから」

里芋《さといも》の甘煮をつつきながら、愛之助が首を振る。

「出世するには新陰流か。だが、結局は何の役にも立たなかったわけだろう」

鯖之介が手酌で酒を注ぐ。

「人並み以上に様々な努力を重ねてきたからこそ、その努力が報われぬことに力が抜けてしまっているのではないのかな」

愛之助は、ちびちび酒を嘗める。どちらかというと肴を味わう方がいいらしい。水のように酒を飲む鯖之介とは対照的である。

徳利が三本くらい空く頃には、鯖之介はすっかり酔っている。酔ってはいても、底なしの飲んべえだから、いくらでも飲む。

（また始まった……）

愛之助が溜息をつく。

酔うにつれて、鯖之介は愚痴っぽくなる。泣き言や恨み言をくどくどと並べ、時には本当に泣き出す。道場では凜《りん》とした姿で門人たちに稽古をつけていた男が、まるで別人のように情けない酔っ払いになってしまう。この落差には、今でも愛之助は慣れることができない。貧乏は嫌だ、金がほしい、いつでも飲みたいときにうまい酒を飲み、うまいものを食いたい、岡場所でいい妓を抱きたい……重苦しい溜息をつきながら、そんな愚痴を繰り返す。あまりにも陰気でみじめでしつこいので、話を聞いている愛之助がめまいを起こしそうになる。

「すっかり素寒貧《すかんぴん》だ。岡場所どころか、夜鷹《よたか》を買う金もない。ああ、御子神検校《みこがみけんぎょう》の用心棒はよかった。あんないい仕事はなかった。毎日が極楽だった。なぜ、お払い箱になったのかな。おまえ、理由がわかるか？」

「さあ、わからぬ。おまえだけでなく、おれにもお呼びがかからないから、用心棒が必要ないということなのではないかな。お抱えの仁王丸《におうまる》という用心棒もいるわけだし」

「あの図体だけが大きいのろま野郎か。あんなデブより、おれの方が役に立つのに」

鯖之介は悔しそうだ。

「検校の用心棒が駄目なら他の仕事でもいいんだ。金になる仕事を紹介してくれ」

「そう言われても、箱根から戻ったばかりだし、おれだって今は仕事がないよ」

「また日傭取りに逆戻りか。体を使う仕事が嫌なのではないが、これでも御家人の端くれだから、ふんどし姿で、もっこを担いで土を運んだり、米俵を担いだりするのは恥ずかしい。たまたま知り合いに出会したりすると顔も上げられぬ」

また深い溜息をつく。

「お藤とは、どうなんだ？」

愛之助が話題を変えようとする。

「ああ、お藤……」

鯖之介ががくっと肩を落とす。

「もう会ってくれぬ」

「なぜだ？」

「それは……」

鯖之介の声が急に小さくなる。

「ん？」

愛之助が耳をそばだてる。

「中折れと言ったのか？」

「馬鹿野郎」

鯖之介が慌てて周囲を見回す。幸い、二人の会話を聞いている者はいないようだ。

「大きな声で言うな」

「普通の声のつもりだが……。どういうことだ？」

「つまり、途中で使い物にならなくなってしまうのだ」

「使い物に？　おまえの……ナニがということか？」

「そうだ」

「なぜ、そんなことになる？」

「わからぬ」

鯖之介が首を振る。

「夜鷹相手でも、そうなのか？」

「そんなことはない」

「岡場所では、どうだった？」

「そ、それは……」

「なるほど、そういうことか。わかったぞ」

「何が？」

「夜鷹を抱くときは相手の顔もわからぬのだろう？」

「まあ、そうだ。暗がりで声をかけられ、暗がりでことを済ませるわけだから」

「しかし、出合い茶屋や岡場所では、そうはいかぬ。ちゃんと相手の顔が見える」

「それが何だ？」

「相手の顔を見ると、おまえは自信がなくなってしまうのだ」

「何だと?」

「もっと自分に自信を持てよ。貧乏は辛《つら》いだろうが、だからといって、自分を卑下することはない。おまえには余人にない美点がたくさんある。剣術も優れているし、門人たちに教えるのもうまい。自分のみじめなところばかり見るのではなく、自分のいいところを……」

「おまえに何がわかる!」

いきなり拳《こぶし》でどんと木卓を叩く。

周囲の客たちが驚いて鯖之介を見る。

「おれの苦しさなど……おれの苦しさなど、おまえにはわからんのだ」

残っていた酒を一気に飲み干すと、鯖之介が席を立ち、荒々しい足取りで「うずら」を出て行く。

「先生、大丈夫ですか?」

「あの人、どうしたんでしょうか。あんなに怒って」

お鶴とお亀が近付いてくる。

「虫の居所が悪かったんだろう。おれも帰る。勘定してくれ」

愛之助も腰を上げる。

「うずら」を出て、とぼとぼ歩きながら、

（相手が親しい友人でも、人付き合いというのは難しいものだな）

と溜息をつく。鯖之介を励ますつもりで口にしたことが逆に鯖之介を怒らせてしまった。悪気はなかったが、結果的に鯖之介の誇りを傷つけてしまったのだろうか、と反省する。

井筒屋に戻ると、

「お帰りなさいませ」

お藤が出迎える。

思わず、

（一度や二度のしくじりで鯖之介を嫌うことはなかろう）

と言いそうになるが、慌てて、その言葉を飲み込む。

お藤と鯖之介の関係を愛之助が知っていることをお藤は知らない。迂闊なことを口にすると、また厄介な事態になりかねない。

（おれが口を出すことではない。放っておけばいい）

離れに行こうとすると、

「米沢町の検校さまのお使いがいらっしゃいましたよ。明日、屋敷に来てほしい、という言伝《ことづて》です」

「検校から？」

愛之助が顔を顰める。偉そうに呼び出しやがって、誰が行くものか、と腹が立つが、いや、待て待て、用心棒の依頼ならば、鯖之介を勧めてやろう、と考え直す。

十四

翌朝。

愛之助は御子神検校の屋敷に出向く。

玄関に入ると、いきなり、

「愛さま～」

と、香澄《かすみ》が抱きついてくる。豊満な体をぐいぐい押しつけ、愛之助の胸に顔を埋《うず》める。

「誰かに見られたらどうする」

「いいんだもん。久し振りに愛さまに会えて嬉しくてたまらないんだから」

そこに、わざとらしく足音を鳴らして、奥から仁王丸が現れる。

愛之助は香澄を押し退け、

「検校さまがお呼びらしいぜ」

廊下に上がり、すたすたと奥に向かう。

その後ろを不満顔の香澄がのろのろついていく。

「ようやく現れたか。のんきに箱根で湯治とは、いい身分だな」

莨《たばこ》を喫《の》みながら、御子神検校が嫌みたらしく言う。

「本当なら、まだ箱根にいるはずだったのです」

「それなら、なぜ戻った？」

「それは……」

愛之助がハッとする。

急いで江戸に戻れと本多に命じられたからだが、それを検校に話すわけにはいかないから、咄嗟に、

「財布を盗まれまして」

と嘘をつく。

「ふふんっ、馬鹿な奴だ。文無しになって江戸に戻ったか」

「そんなところです」

「ちょうどよかった。おまえを雇ってやる。用心棒としてな」

「岡場所への付き添いですか？」

「違う。借金の取り立てだ。特別に五両出してやろう。うまくいけば、二刻（四時間）で終わる。こんなうまい話はあるまい」

検校が恩着せがましく言う。

（けっ、何を言ってやがる）

愛之助は検校の吝嗇《りんしょく》をよく知っている。大金持ちのくせに、細かい銭勘定にうるさいのだ。その検校がわずか二刻で終わる取り立てに五両も出すというのは尋常ではない。よほど厄介な案件に違いないから、積極的に関わりたいとは思わない。

それに雅之進からおとなしくしていろと釘を刺されている。また騒ぎを起こしたら、雅之進は烈火の如く激怒するであろう。できれば断りたいというのが愛之助の気持ちである。

「取り立てが済んだら、今夜、岡場所に出かけてもいいな。おまえも連れて行ってやる。もちろん、用心棒代は別に払おう」

「仁王丸だけでは難しいということですか？」

愛之助が仁王丸に顔を向ける。

「まあ、そうだな」

「刀を抜かなければならぬような取り立てですか？」

「そんなことにならぬようにおまえを連れて行きたいのだ」

「天河を雇ってはどうですか？　腕は立ちますよ」

愛之助は鯖之介を勧める。手間賃が五両と聞けば、鯖之介は驚喜するであろう。

「ああ、天河か……」

検校が渋い顔になる。

「あの男は結構だ」

「なぜ、天河では駄目なのですか？　先達て、ここに住み込んだときは、きちんと役に立ったはずですが」

「天河には品がない。さもしいと言ってもいい」

「それは、ひどい」

「金にも女にも酒にも食い物にも卑しい。御家人とは、ああいうものなのか？」

「御家人だからというわけではないと思いますが」

「たとえ部屋住みでも、旗本家に生まれたおまえには、いくらか品がある。天河には、ない。だから、天河を雇いたいとは思わぬ」

検校は、よほど鯖之介が嫌いらしい。

愛之助も取り付く島がない。

(すっかり嫌われてしまったものだ。さて、どうしたものか……。騒ぎに巻き込まれるのは困るが、五両の手間賃は捨てがたい)

しばし思案して、

「で、仕事はいつですか？」

引き受けると決めた。

「これからだ。すぐに出かけるぞ」

検校が腰を上げる。

十五

御子神検校、愛之助、仁王丸の三人が出かけたのは永代町《えいたいちょう》の紀州屋《きしゅうや》という材木問屋である。検校だけが駕籠に乗り、愛之助と仁王丸は、その後ろを小走りに追わなければならない。

（大の男が使い走りの小僧のように、尻からげしてあたふたと駕籠を追うなどというのは実に見苦しいぜ……）

愛之助は苦虫を嚙み潰したような顔で走りつつ、やはり、断ればよかったと後悔する。

紀州屋の店先では、半裸の男たちが汗を光らせながら、忙しげに立ち働いている。誰もが盛り上がった筋肉と太い腕を持っている。彼らに交じると、仁王丸ですら、それほどの巨漢に見えなくなってしまうほどだ。愛之助には、とても持ち上げられそうにない重そうな材木を軽々と肩に担ぎ、しかも、一本ではなく二本も担いで店先の台車から裏に運んでいく。

そんな筋骨隆々の力持ちが何人も立ち働いているから、

（なるほど、仁王丸一人では、とても歯が立つまい）

と、愛之助も納得する。

普段なら、仁王丸が脅しをかければ、相手の方が怖がって検校の言いなりになるが、ここで仁王丸が威張っても、男たちに放り出されるだけであろう。

検校が駕籠から降り、帳面を手にして男たちに指図している三十歳くらいの男に、

「留吉《とめきち》」

と声をかける。

その男が振り返る。顎に大きな黒子《ほくろ》がある。紀州屋の手代である。

「ああ、御子神検校さまでしたか」

検校を見て、会釈する。

「主は、おるか？」

「奥におりますが」

「わしが来たと伝えろ。用件は言わずともわかっているはずだ」

「では、こちらへ……」

愛之助たちは玄関から廊下に上がり、客間に案内される。

招かれざる客であることは、案内されてから四半刻（三十分）以上も、まずい番茶を一杯出されただけで放置されたことからもわかる。

やがて、きつい顔立ちの、白髪頭《しらが》の五十がらみの男が現れる。この家の主・紀州屋門《きしゅうやもん》

左衛門《ざえもん》だ。

「何度も来られても困りますね」

「困るのは、こっちだ。さっさと貸したものを返してもらいたい。そうすれば、誰が来るものか」

「梅之助《うめのすけ》は、もう紀州屋とは関わりのない人間ですよ。商売に身を入れず、遊び呆《ほう》けるような倅はいらないのです。勘当したんだから、わたしが梅之助の代わりに借金を払う必要もないわけでしてね。親に内緒で三百両もの借金をするとは……」

門左衛門が舌打ちする。

「三百両ではない。利息もあるし、期日を過ぎても払わないときは利息が倍になるという取り決めもあるから、四百八十二両だ。放っておくと、どんどん増えますぞ」

「梅之助に払わせればいいでしょう。生憎《あいにく》、うちを出てから、どこで何をしているのか、わたしにもわかりませんが」

「そうはいかない。勘当したかどうかは、わしには関わりがない。わしが金を貸したときには、間違いなくあんたの倅だったわけだからね。証文にも紀州屋梅之助と書いてある」

「一文も払いませんよ。お引き取り下さい。もう来ないでほしいですな」

おい、お客さまがお帰りだぞ、と門左衛門が大きな声を出すと、隣の部屋から仁王丸と同じくらい体格のいい屈強な四人の男たちが現れる。

「座頭金を踏み倒すことはできんぞ。お上に訴え出れば、あんたが困ることになる」

「ふんっ、結構ですな。そうなれば、検校さまの阿漕《あこぎ》なやり方も表沙汰になりますよ。幸い、ご公儀には、うちを贔屓《ひいき》にしてくれる偉い御方も何人かおります。お上に訴え出て、どっちが困りますかな」

おい、と門左衛門が顎をしゃくると、男たちが検校をつまみ出そうとする。

「よせ、触るな」

愛之助が前に出る。

「怪我《けが》をさせたくないのでな」

「……」

男たちが門左衛門を振り返る。殴り合いやつかみ合いなら平気だが、刀に手をかけた武士と争うのはためらわれるのであろう。

「こんなところで刀を振り回して、ただで済むと思っているのですかな？　たとえ、検校さまでも厳しいお咎めを受けることになりますぞ」

門左衛門が検校を睨む。

「ふんっ、それは、どうかな。ご公儀に親しい者がいるそうだが、ならば、この者もご存じかな？」

検校が愛之助を指差す。

「麗門愛之助というのだが」

「麗門……？」

「実家は番町にある。次男坊なので部屋住みだが、兄はかなり出世しているそうですぞ」

「まさか……」

門左衛門がハッとする。

「北町奉行の麗門さまの弟御か」

「そうだと言ったら、どうする？」

「信じられぬ。嘘に決まっている」

「そう思うのなら調べればよい」

検校がにやりと笑う。

「……」

門左衛門は顔色が悪くなる。

やがて、

「もういい。下がれ」

四人の男たちに命ずる。

彼らが部屋から出て行くと、

「わかりました。お支払いしましょう。ただ、大金ですので、明日まで待っていただきたい」

さっきまでとは打って変わり、沈んだ声でぼそぼそと言う。強烈な敗北感と屈辱を感じているのであろう。己の負けを悟り、渋々支払いを承知したのだ。

「一日分、また利息が増えるぞ」

「結構です」

そっぽを向いたまま、うなずく。

（よほど悔しいのだな）

検校がほくそ笑む。勝利感に酔っているのである。

店に金がないというのは嘘だとわかっている。昨日と今日の二日間で半季の売掛金の回収を済ませたはずだから、店には大金がある。それがわかっているから、検校はやって来たのだ。

門左衛門とすれば、支払いを承知したものの、完全に言いなりになるのは悔しいので、支払いを明日まで延ばそうとしているのであろう。門左衛門の意地なのだな、と検校には理解できる。

検校とすれば、支払いは明日でも構わない。利息も増えるし、明日も門左衛門をいたぶることができるからだ。陰湿な楽しみである。

「それなら、明日、改めて来ることにしよう。金を用意して待っておれ」

検校が腰を上げる。

十六

店を出ると、仁王丸が辻《つじ》駕籠を捜しに行く。

検校と愛之助は店先で待つことになる。

検校は見るからに上機嫌だが、対照的に愛之助はひどく機嫌が悪そうに見える。

「用心棒が必要だったわけではない。北町奉行の弟が必要だったわけですね？」

腕っ節に期待したのではなく、雅之進の弟という威光に期待したのだとわかって、愛之助は腹を立てている。

「そう怒るな。おかげで金を取り戻すことができる。おまえも二刻もかからずに五両だぞ。もっと喜ぶがいい。今夜は深川で贅沢をさせてやろう」

恩着せがましく言う。

「……」

愛之助は苦虫を嚙み潰したような顔をしたままだ。

十七

物陰から紀州屋の様子を窺《うかが》っていた孔雀が息を潜める。頭巾《ずきん》を被《かぶ》って、顔を隠している。押し込みの下見にやって来たのである。手に入れた内部情報から、今夜、紀州屋には多額の現金があるとわかっている。

だが、愛之助を見た瞬間、孔雀の頭から押し込み計画が消えてしまう。脳裏《のうり》に甦《よみがえ》るのは、箱根での愛之助との出会い、見たこともない巨大な猪母真羅の映像である。

孔雀の股間が疼く。体の芯が熱くなり、愛液が満ち溢れて太股《ふともも》を濡らす。男がほしくてたまらなくなる。

（今は男のことを考えているときではないだろうに）

自分を叱るが、理屈ではわかっていても、女としての本能が言うことを聞かない。

じっと見つめていると、仁王丸が辻駕籠を拾ってくる。検校が駕籠に乗り込む。愛之助と仁王丸が駕籠の後を歩き始める。

（あの人だ……）

引きずられるように、孔雀ものろのろ歩き出す。

もう下見は済んだ。あとは盗人宿に戻って、夜になるのを待つだけだ。それならば、盗人宿に戻るのが少しくらい遅くなっても構わないはずだ……そう自分を納得させる。

（どうしたんだろう、わたし？　まるで男を知らない生娘みたいじゃないか）

頬が火照り、心臓の鼓動が速まる。こんな気持ちになるのは何年ぶりか思い出すこともできない。心地よい新鮮な感覚である。

十八

やがて、駕籠は米沢町の検校の屋敷に着く。

検校に続いて、愛之助と仁王丸も屋敷に入っていく。

笊《ざる》に載せた瓜《うり》を売り歩いている物売りを呼び止め、

「ちょいと伺いますが、ここは、どなたさまのお屋敷でございますの？」

孔雀が訊く。

「ここは御子神検校さまのお屋敷さね……」

話し好きな男らしく、検校がどれほどの大金持ちか勝手にしゃべり出す。孔雀が聞き上手なせいもあって、阿漕なやり方で莫大な財産を築いたものの、検校を恨んでいる者も数知れないなどと話す。

「まあ、そうでしたの」

「ここに金を借りに来たのだったら、やめた方がいいよ。最後には身ぐるみはがされて泣くことになるからね」

「怖いことだ。いいことを聞かせてもらいましたよ。どれ、うまそうな瓜だね。ふたつもらいましょうか」

金を渡す。

「あ、そうですか。それは、どうも」

瓜をふたつとお釣りを孔雀に手渡す。

両手で瓜を抱えて、孔雀が歩き出す。

しばらく歩いていると道端に坐り込んでいる物乞いに目を止める。近付いていくと、

「あげるよ」

瓜と釣り銭を渡す。

「ありがたやあ」

物乞いが両手を合わせて孔雀を拝む。

さっさと背を向けて人混みに入ると、

（いいことを聞いた。あの真羅も忘れがたいけど、やっぱり、男より小判が大事だよ。そうか、検校の屋敷には小判がうなってるわけか。あの物売りの話が本当なら一万両や二万両はありそうじゃないか。気が付かなかった。油や呉服で商売してる問屋なんかより、よ

っぽど金があるんだな。盲人の金貸しというのは儲《もう》かるんだねえ。次の押し込みは、あの屋敷にしようか……）

ふと、愛之助のことを考える。

孔雀は愛之助が検校の用心棒なのだろうと察しをつけている。

（惜しいけど、あの男にも死んでもらうことになるね。でも、殺してしまう前に、何とか、あのデカい真羅をくわえ込みたいものだよ）

ふーっと溜息をつく。

十九

その夜、愛之助は御子神検校のお供をして、仲町《なかちょう》の妓楼《ぎろう》・桔梗《ききょう》屋に出かけた。

愛之助が桔梗屋に来るのは久し振りである。雨海藩と悶着を起こしてから一度も足を向けていない。

検校の駕籠が店先に停まると、主の惣兵衛《そうべえ》自身が出迎える。滅多にない厚遇である。

高利の金を貸し、非情なやり方で取り立てることで検校は莫大な財産を築いたが、同時に人並み外れた吝嗇家でもある。屋敷では、金の出入りに厳しく目を光らせ、無駄遣いを許さない。収入が多いだけでは金持ちになることはできない。収入を増やしつつ、できるだけ支出を減らさなければ駄目なのだ。稼いだ分だけ使ってしまうような人間は金持ちになることはできない。

そんな検校だが、桔梗屋では惜しげもなく金を使う。検校にとって唯一の息抜きの場なのである。

妓楼にとっては、大金を使う客こそが上客である。

だからこそ、惣兵衛自らが検校を出迎えるのだ。

「どうぞ、こちらへ」

女将《おかみ》に案内されて、検校と仁王丸が見世に上がる。

愛之助は検校の宴席には呼ばれない。

妓楼には、その妓楼が雇っている用心棒がいて客の安全を守っているから、検校が桔梗屋にいる間、愛之助は用なしである。他の場所で待つことになる。馴染《なじ》みの鈴風《すずかぜ》と遊ぶことが多い。

今夜もそのつもりでいると、

「麗門さま」

惣兵衛が話しかけてくる。

「ん?」

「ちょっとこちらにお出《い》で願えませんか」

「うむ」

いったい何の用だろうと訝《いぶか》りながら、愛之助は惣兵衛についていく。

二階の廊下の奥、小さな座敷に案内される。普段、客には使わせることのない場所だ。

惣兵衛に続いて座敷に入ると、

（お）

愛之助が驚く。

派手やかな着物に身を包み、美しく化粧をした美吉野《みよしの》が行儀よく坐っている。

美吉野は桔梗屋で最も格が高く、人気のある妓である。美しいだけでなく、歌や踊りもうまく、深い教養もある。頭の回転が速く、どんな話題を振られても当意即妙の受け答えができる。ただ美しいだけの妓に御子神検校が夢中になるはずがないのだ。

これまで愛之助は美吉野とまともに話をしたことすらない。もちろん、寝たこともない。

鯖之介ほどではないが、愛之助も貧乏だから、自分の金では桔梗屋で遊ぶことなど不可能だ。美吉野どころか鈴風と遊ぶこともできない。検校のお供をしたときだけ、お情けで遊ばせてもらえるのだ。

「先達ては大変なご迷惑をおかけしました」

美吉野が畳に手をつき、深々と頭を下げる。

「え」

愛之助の方が驚く。

「まあ、お坐りになって下さいましな」

惣兵衛は美吉野の横に腰を下ろす。

「うむ」

愛之助も坐る。

「わたし自身、雨海藩との悶着があれほどの大騒動になるとは想像もしておりませんでした……」

莨盆《たばこぼん》を引き寄せながら、惣兵衛が言う。

桔梗屋で、検校と雨海藩の重役が美吉野を巡って争い、様々な軋轢《あつれき》が生じた結果、愛之助は雨海藩の放った刺客団に襲われた。かろうじて勝利したものの、刺客たちを斬ることになり、その尻拭いをさせられた雅之進が激怒した。そもそも愛之助が箱根に湯治に出かけたのは、その事件のほとぼりを冷ますためだったのである。

「元はと言えば、わたくしの不始末のようなものでございます。わたくしがうまく立ち回っていれば、あんなことにはならなかったはず……」

美吉野が袖で目許を押さえる。

「いや、あなたのせいではないでしょう。検校が、いや、検校さまが意地を張ったせいですから」

「そのために麗門さまは、お命まで狙われたと聞きました」

涙に潤んだ目で、美吉野が愛之助を見つめる。

（困ったな……）

愛之助は困惑している。

美吉野はいい女である。間近で見て、しみじみと思い知らされた。

しかし、高嶺《たかね》の花《はな》だ。どう足掻《あが》いても愛之助の手の届く存在ではない。

にもかかわらず、股間でおとなしくしていた猪母真羅がむくむくと大きくなり、手で押さえていないと、今にも袴《はかま》を突き破りそうなほど屹立《きつりつ》している。

「わたしからもお礼を申し上げます」

惣兵衛が姿勢を正し、畏《かしこ》まって愛之助に頭を下げる。

「麗門さまだけでなく、検校さまも危ない目に遭ったと聞きました。お二人の身に何かあれば、わたしも桔梗屋もただでは済まなかったでしょう。麗門さまが検校さまを守って下さり、悪い者たちを成敗し、しかも……」

惣兵衛がちらりと上目遣いに愛之助を見やる。

「お兄さまのお力添えで、大事にならずに済みました。麗門さまのおかげだと心から感謝しております」

「それは、ちょっとばかり誉めすぎのようだね。大したことはしてないよ。おとなしく斬られるのも嫌だから自分の身は守ったが」

「ひとつ、お願いがございます」

「何かな？」

「今夜は検校さまのお供でいらしたわけでございますが、日を改めまして、今度は麗門さまお一人で桔梗屋にお越し願いたいのでございます」

「おれ一人で？」

「言葉だけで感謝するのではなく、一席設けて麗門さまをおもてなししたいと思っているのです。これは、わたしだけでなく、美吉野からのお願いでもあります。のう？」

物兵衛が美吉野に顔を向ける。

「あい。ぜひ、お願い申し上げまする」

ほんのりと頰を染め、潤んだような目でじっと愛之助を見つめて、美吉野が恥ずかしげにうなずく。

愛之助の猪母真羅はますます大きくなる。

二十

女童《めわらわ》のすももに案内されて鈴風の部屋に行く。

部屋に入ると、鈴風が布団に突っ伏して噎《むせ》び泣《な》いている。

「おい、どうしたんだよ？」

いつもなら大喜びで愛之助に抱きついてくるのだ。

「愛さま……」

顔を上げ、肩越しに振り返る。泣き腫らした真っ赤な目で、恨みがましく愛之助を睨む。

「旦那さんに呼ばれたでしょう？」

「ああ、ちょっと話があると言われてな」

「美吉野姉さんも一緒でしたよね？」

「よく知ってるな」

「やっぱり……」

鈴風がうわっと泣き出す。

全身を震わせて布団の上で身をくねらせる。

「どこか具合でも悪いのか？」

「姉さんは愛さまに惚れてしまったんですよ」

「は？」

愛之助がきょとんとした顔になる。

「馬鹿なことを言うな。美吉野とまともに話をしたのは今夜が初めてなんだぜ」

「女が男に惚れるのに、そんなのは関わりないことです。姉さんは誰よりもきれいだし、頭もいいし、気立てもよくて優しい人ですけど、今まで男に惚れたことがないんです。その姉さんが愛さまに……」

うううっ、と両手で顔を覆って激しく泣く。

「ふん、美吉野がおれをどう思っているのか知らないが、おれと美吉野が深い仲になることはあるまいよ」

「嘘です。男なら、誰だって姉さんを好きになるんですから」

「考えてもみろ。おれがここに来るのは検校のお供なんだぜ。用心棒として雇われているわけさ。用心棒を雇ってまで検校が桔梗屋に来るのは美吉野に会いたいからだ。おれが美吉野に手を出したら、検校は腹を立てて、おれをお払い箱にするだろう。検校の用心棒なんかやりたいわけじゃないが、おれだって食っていかなければならない。そう簡単に、この仕事を辞めるわけにはいかないのさ」

「そうなんですか?」

「ああ、そうさ」

「嬉しい」

鈴風の表情が明るくなり、愛之助に抱きつく。

「愛さま、抱いて下さい」

鈴風は裸になると、愛之助も裸にしようとする。

そこに、

「失礼します」

すももが顔を覗かせる。

「何て、間が悪いんだよ。さっさと出て行きな」

鈴風が怒る。

「検校さまから愛之助さまへ伝言です」

「またおかしな騒ぎを起こしたのではあるまいな？」

「そうではありません。今夜、美吉野姉さんを仕舞いにしてお泊まりになるそうです」

「え、検校が泊まるのか？」

愛之助が驚く。検校は滅多に妓楼に泊まらないのである。翌日の仕事に差し支えるから、必ず、屋敷に戻るのが常なのだ。紀州屋の取り立てがうまくいって、よほど機嫌がいいのだな、と愛之助は察する。

「愛之助さまもお泊まりになるようにとのことです。鈴風姉さんも仕舞いにして下さいましたので」

「嬉しい～」

鈴風は大喜びだ。今夜一晩、愛之助を独り占めできるのである。

二十一

雲間からわずかに月が顔を覗かせている。その月明かりを頼りに、荒瀬が棹《さお》を握り、舟を操っている。

舟には、荒瀬の他に孔雀、海老蔵、岩松、次郎吉が乗っている。

次郎吉が押し込みに加わるのは初めてである。気が小さく、刃物の扱いも苦手で、人を殺したこともない。押し込みの役には立たないとわかっているから、孔雀もこれまでは船宿で留守番をさせてきた。

しかし、押し込みの直前、万蔵と源八が孔雀を裏切ろうとして粛清されたので人手が足りなくなった。

人手というのは、押し込みがうまくいった後、千両箱を運ぶための人数である。千両箱は、箱と中身を合わせると重さが二十キロ以上になる。華奢《きゃしゃ》な孔雀には、千両箱ひとつ運ぶのも無理である。力自慢の荒瀬でもふたつが限度で、海老蔵と岩松がひとつずつ、つまり、三人だと四千両しか運ぶことができない。持ち上げるだけなら、荒瀬は三つ、海老蔵と岩松もふたつくらいは何とかなるが、持ち上げるだけでなく、それを運ばなければならない。しかも、できるだけ早く運ばなければならない。

大八車にでも乗せて運べばよさそうだが、真夜中に音を立てて大八車を押して歩けば、すぐ捕り方に見付かってしまう。担ぐか、背負うしかないのだ。次郎吉がいれば、千両箱をひとつ余計に運ぶことができる。だから、連れてきたのだ。

ゴツンと舳先《へさき》が岸壁にぶつかり、舟が揺れる。

「着きましたぜ」

荒瀬が舟を岸壁に横付けする。

「よし、行くぞ」

孔雀が低い声で言い、真っ先に舟から下りる。海老蔵、岩松、次郎吉が続き、最後に荒瀬が下りる。

夜目の利く荒瀬が先頭になって暗い道をゆっくり進み始める。

孔雀たちが舟を使うのは、たとえ押し込みが成功したとしても、その後、盗み出したいくつもの千両箱を担いだり背負ったりして盗人宿まで陸路を辿《たど》るのが現実的ではないからである。

そんなことは不可能なのだ。

江戸の町には、あちこちに町木戸があって、夜十時になると閉められてしまう。町木戸が閉まっているのでは、盗人宿に帰るどころか、隣町に移動することもできない。舟ならば、川と堀をうまく辿ることで、誰にも邪魔されずに盗人宿に戻ることができる。孔雀たちが「ひばり」という船宿を盗人宿にしているのは、舟を自在に活用するためなのだ。

但し、暗闇の中で操船しなければならないから、よほど舟の扱いに熟練し、夜目の利く船頭がいなければ駄目で、幸いにも、孔雀には荒瀬がいる。

岸壁から、狙った店まで大した距離ではないが、四半刻（三十分）もかかったのは、周囲の様子を探りながら孔雀が慎重に進んだせいである。

「ここですね」

荒瀬が足を止める。紀州屋の前である。

昼間、愛之助が御子神検校のお供をして訪れた材木問屋だ。

「裏に回るぞ」

ここからは孔雀が先頭になる。塀に沿って裏手に向かい、裏木戸の前で足を止める。

押し込みで最も難しいのは母屋《おもや》に入り込むことだ。

現代のように、大金を安全な銀行に預かってもらうわけにはいかないから、店内に保管しなければならない。自分たちで大切な財産を守らなければならないので、防犯意識が強い。

店仕舞いすると、表は板戸で締め切ってしまう。

小さな潜《くぐ》り戸《ど》があって、必要があればそこから出入りするが、基本的には閂《かんぬき》を下ろして閉めてある。店の周囲には板塀が巡らされており、容易に乗り越えることはできない。

裏木戸があるものの、暗くなれば閂が下ろされてしまう。たとえ裏木戸を通ったとしても、母屋に入るのが大変だ。勝手口などは閉め切って閂が下ろされてしまうし、それ以外の、人が出入りできそうなところは板戸で締め切られてしまう。二重三重に侵入者に対する用心が為《な》されているわけで、侵入に時間がかかったり、大きな物音を立てたりすれば、家人が目を覚ましてしまう。母屋で騒ぎが起これば、隣近所も目を覚ます。町木戸には不寝番がいるから、騒ぎを耳にすれば、すぐさま半鐘《はんしょう》を打ち鳴らす。そうなったら、もう押し込みどころではない。

つまり、押し込みの成否は、いかに素早く、いかに静かに母屋に入り込むことができるか、という一点にかかっているのだ。

「……」

孔雀は、ふーっと大きく息を吐くと、拳を強く握り締め、コンコン、コンコンと裏木戸を叩く。

しばらく待つが、何の反応もない。

「お頭」

荒瀬が心配して声をかける。

しっ、と荒瀬を黙らせ、孔雀がもう一度同じように裏木戸を叩く。

すると、

「おまえかい？」

裏木戸の向こうから男の声がする。

「ええ、あたしです」

孔雀がしおらしく答える。

閂を外す音がして、裏木戸がすーっと開く。

顎の大きな黒子《ほくろ》が月明かりに照らされる。

手代の留吉である。

「遅かったじゃないか。今夜は来ないのかと心配していたところだよ」

「すみません。手間取っちまいまして」

「本当にこれで借金は帳消しにしてもらえるんだね？」

「ええ、ちゃんと証文ももらってきましたよ」

孔雀が証文を差し出す。留吉には手慰みをする悪癖があり、賭場で拵《こしら》えた借金が百両ほどにもなり、どうにも身動きが取れなくなっている。

それに目を付けたのが孔雀で、色仕掛けで留吉を取り込み、寝物語で紀州屋の内情を探った。借金でどうにもならなくなっている留吉に、さりげなく、店の品物を横流しすればいいじゃないの、あんたが仕入れを任されているのだから、どうにでもごまかせるだろうさ、わたしが段取りを組んであげるよ、と囁《ささや》いた。

溺れる者は藁《わら》をもつかむというが、留吉がまさにそうで、たとえ帳面に細工して仕入れと在庫の食い違いを取り繕ったとしても、いずれ露見するに決まっているし、いくらかでも冷静さがあれば、孔雀の話を胡散臭《うさんくさ》いと見抜いただろうが、今の留吉にそんな余裕はない。白檀《びゃくだん》という、普段は滅多に入荷することのない高級品を、しばらく店で預かることになったのを思い出し、それをいくらか横流しすれば百両くらいにはなると胸算用《むなざんよう》した。孔雀の兄弟がその方面に詳しいという与太《よた》を信じ、借金を肩代わりする見返りに白檀を寄越せという申し出を受け入れ、深夜、孔雀たちを店に入れることになったのである。

「さあ、急いでくれ」

「承知してますよ」

孔雀に続いて、荒瀬、海老蔵、岩松、次郎吉が入る。

「おいおい、いったい、何人で来たんだね？」

留吉が驚く。

「五人ですが」

「大した量ではないと言ったじゃないか。とても高価なものだが、そんなに大きくないんだ。せいぜい二人もいれば運ぶことができるんだよ。五人とは大袈裟《おおげさ》すぎるな」

留吉がちっと舌打ちする。

「ところで手代さん、あんた、母屋のどこから出てきなすった？」

さりげなく孔雀が訊く。

「勝手口さ。あまり時間がないんだ。小僧が小便にでも起きてくるとまずい。すぐに戻らないと」

「取り立てた売掛金、かなりの金額らしいですけど、仏間にあるんですよね？　金蔵に置いてあるのは、何かのときのための見せ金で、銭や銀ばかり。小判は仏間の床下に隠してある……そうおっしゃいましたよね？」

「何の話だね？　白檀があるのは母屋の裏にある蔵の中さ。さあ、案内するから急いでおくれよ」

留吉が孔雀たちを案内しようとする。

が、動くことができない。背後から荒瀬が留吉を羽交い締めにしたのである。

「お頭？」

「やっちまいな。もう用はないよ」

孔雀がふんっと鼻を鳴らす。

「へい」

留吉の首の下に右腕を入れ、左手で頭を押さえる。

ぐいっと力を入れ、留吉の頭を横に捻る。

首の骨が折れる嫌な音がする。

留吉の体から力が抜ける。

「勝手口だよ。段取りはわかってるね。海老蔵と岩松は二階だ。荒瀬と次郎吉はわたしと一緒に一階で寝ている主人一家のところに行く。いいか、騒ぎ立てる奴がいたら容赦なく殺してしまえ」

「へい」

手下どもがうなずく。

留吉の死体を地面に転がし、孔雀たち五人が勝手口から母屋に入っていく。

一刻（二時間）ほど後……。

背負子《しょいこ》に千両箱を縛って、男たちが勝手口から出てくる。荒瀬がふたつ、他の三人はひとつずつ背負っている。

孔雀だけがまだ姿を現さない。母屋のあちこちに油を撒《ま》き、火をつけているのだ。

やがて、孔雀が現れる。

「舟に戻るぞ。長居は無用だ」

すでに勝手口からは黒煙が漂い出ている。あと四半刻（三十分）もすれば、母屋全体が燃え上がるだろう。

夜目の利く荒瀬が先頭になって裏木戸から出て行く。その後に海老蔵、岩松、次郎吉が続く。しんがりは孔雀である。

裏木戸を出るとき、孔雀が足を止めて振り返る。

地面には留吉の死体が転がっている。

母屋には、主人一家と奉公人たち、合わせて十五人くらいの死体があるはずだ。金を奪うことに成功したら、生き証人を残さないように皆殺しにしてしまい、すべての証拠を消し去るために家屋に放火する……それが孔雀のやり方だ。盗賊稼業を生業《なりわい》として、捕り方の目を逃れて生き延びるためには、そういう非情なやり方をしなければならない。下手に温情をかけると、それが命取りになりかねない。

今まで何度となく繰り返したことなので、もはや胸が痛むこともない。

（これでまた贅沢ができるな）

という喜びを感じるだけである。

手下どもを追って孔雀が裏木戸から小走りに出て行く。

第二部　女剣士

一

　翌朝、愛之助は桔梗屋を出た。

「たまに泊まりも悪くないのう。心も体も若返った気がするぞ」

　御子神検校は上機嫌で駕籠に乗り込み、その後ろを愛之助と仁王丸がついていく。

（何を言ってやがる）

　検校の身の回りの世話をしている香澄の話では、検校はもう男としては、ほとんど使い物にならなくなっているのだという。ただ、愛撫が執拗《しつよう》でねちっこく、香澄の体の隅々まで嘗め回すらしい。

　ゆうべ、検校が美吉野の華奢な体を嘗め回したのだと想像すると、愛之助はひどく不愉快になる。

紀州屋の近くまで行くと、何やら通りに人だかりができていて騒がしい。役人の姿も多く、物々しい雰囲気である。

検校は駕籠を止めさせると、

「何があったか聞いてこい」

と、愛之助に命ずる。

おれは用心棒なんだぜ、御用聞きの小僧じゃねえんだ……腹が立つものの、愛之助自身、何があったのか気になるので、野次馬をつかまえて、

「何があったんだ?」

と聞いて回る。

何人かの話を聞いて、大体のことがわかる。

検校のもとに戻って、

「ゆうべ、紀州屋に盗賊が押し込んだようです……」

主人一家と奉公人が皆殺しにされた上、家屋に放火されたらしい、と告げる。

「それほど燃え広がらなかったようですが」

「な、なんだと……」

珍しく検校がうろたえる。

呆然《ぼうぜん》とし、言葉を失う。

やがて、

「間違いないのだな。門左衛門は死んだのだな？」

「皆、そう言っておりますが」

「帰るぞ。屋敷に帰る」

険しい形相《ぎょうそう》で言う。

道々、

「おのれ、何ということだ。こんなことなら、昨日、取り立ててしまえばよかった。たった一日の違いで……」

駕籠の中で検校が悪態を吐き続ける。

昨日ならば、貸した金を取り立てることができたのだ。四百八十二両という大金である。

一日延ばしたのは、今日も門左衛門をいたぶってやろうという検校の陰湿な楽しみのためである。取り立てがうまくいきそうだと喜んで、ゆうべ、桔梗屋に泊まったほどだ。

正直、愛之助とすれば、ざまあみろと舌を出したいくらいだ。

しかし、大勢の者たちが殺されたと聞けば、そう大袈裟に笑う気にもならない。

二

屋敷に着くと、不機嫌そうな顔で検校が駕籠から下りる。仁王丸に手を引かれて屋敷に入っていこうとするので、

「わたしは、これでお役御免ということでよろしいでしょうか」

愛之助が声をかける。

「好きにしろ」

「ならば、手間賃をいただけましょうか。紀州屋に付き添った分として五両、岡場所に付き添った分として一両、合わせて六両ということで……」

「馬鹿め。何を言っておるのか。一家皆殺しだぞ。どうやって紀州屋から借金を取り立てることができるのだ? 五両など払えるものか。岡場所への用心棒代は払ってやろう。但し、二分だ」

「それは、ひどい」

半額に値切られそうなのだから、愛之助が怒るのも無理はない。

「酒を飲み、飯を食い、妓を抱いたではないか。払ってもらえるだけでもありがたいと思うがよい」

ほらっ、と金の小粒を差し出す。

「……」

いらぬ、と立ち去りたいところだが、正直、懐が淋しい。わずか二分とはいえ、ただ働きするよりはましだと考え、黙って受け取る。

三

井筒屋に帰るつもりで歩き出すが、ふと考えを変え、村松町に足を向ける。馴染みの口入れ屋があるのだ。検校が約束通りに六両払ってくれれば、そんな気にはならなかっただろうが、二分しかもらえなかったので依然として懐も淋しいままなので、仕事を探してみるか、と思い立った。

愛之助が店に入ると、主の甚兵衛《じんべえ》が仏頂面《ぶっちょうづら》で帳場に坐り込んでいる。いつもこんな顔で、愛之助は甚兵衛が笑うのを見たことがない。萛を喫みながら、

「いらっしゃいまし」

にこりともせずに挨拶する。

「何かいい仕事はないか？」

「ありませんな」

帳面を開きもせずに首を振る。

「ないか？」

「ええ、近頃は世の中も景気が悪うございますからな。先生のように一日に一両以上ほしいなどと贅沢を言う御方に仕事はありません。そんなに気前よく払って下さるのは検校さまくらいのものですよ。行ってみてはいかがですか」

「ふんっ、その検校の屋敷からここに来たのさ」

「お払い箱ですか？」

「ひと仕事終えて帰る途中に寄ったんだ。次の仕事を探そうかと思ってな」

「検校さまにかわいがっていただくことですな」

「気前がいいとは思えないがなあ」

「他はもっと渋いということですよ」

「そういうものか」

「そう言えば……」

「ん？」

「先達て、先生のお知り合いがいらっしゃいましたよ。天河さまとおっしゃいましたか」

「ほう、鯖之介が来たのか。何か仕事を世話してやってくれたか？」

「生憎、ちょうどいい仕事がございませんで」

「あいつは、おれと違って、そう選り好《えごの》みはしないはずだが……。一日に一両などと図々しいことも言うまいに」

「一両とはおっしゃいませんでしたが、二分はほしいとのことでして……。力仕事で二分というのは、なかなか、ありませんな。剣には自信があるということですが、先生もご存じのように用心棒の口など滅多にありませんし」

「で、どうなった？」

「また来るとおっしゃって、お帰りになりました」

「そうか」

「皆さん、大変なのですね。幕臣といっても、小普請はまともに食うこともできないと嘆いておられました」

「素面《しらふ》で泣き言を口にするとは珍しい。酒を飲むと、愚痴と泣き言しか言わない奴だが」

「感じのいい方なので、何とかお力になって差し上げたかったのですが」

「そうしてやってくれ。もちろん、おれのことも頼む」

四

口入れ屋を後にすると、愛之助は伊勢町《いせちょう》に向かうが、真っ直ぐ井筒屋に帰るのではなく、途中で貸本屋に寄る。自分でも不思議だが、甚兵衛の仏頂面を見た後には、六右衛門《ろくえもん》の愛想のいい顔を見たくなるのである。何が楽しいのか、いつもにこにこしており、何よりも好色話が好きでたまらず、客と好色話をしたいがために、とうに隠居の身でありながら喜んで店番をしている。

「先生、いいのがあるんですよ。苦労して、ようやく手に入れました」

店の奥から風呂敷包みを取り出してきて、愛之助の前に広げる。

「ああ、また艶本か」

男女の交合を色彩豊かに露骨に描いた春画《しゅんが》をまとめた冊子である。少数ながら熱心な愛好家がいて、高額で取引されているという。

「おれは結構だよ。しまっておけ」

「そうおっしゃらずに、ちょっとだけでも見て下さいな」

「そんなものを見て、何が楽しいんだ？　本物の方がよっぽどいいぜ」

「さすが先生だ！　これは、まいりました」

六右衛門が自分の額をぴしゃりと叩く。顔全体が紅潮しているのは、元々、血圧が高い上に、艶本の話題で興奮しているせいであろう。

「わしも一度でいいから、そんなことを言ってみたいもんですよ」

「艶本ばかり見て喜んでないで、吉原《よしはら》でも岡場所でも行けばいいだろうに」

「そうしたいんですけどねえ……」

　ふーっと大袈裟に溜息をつくと、そんな金もないし、そもそも、あれが役に立ちそうにありませんからね、ひひひっ、と猿のように笑う。

「で、先生は、お出かけになったんですか？」

「ゆうべ、仲町の桔梗屋に泊まったよ」

「仲町……深川ですか、く〜っ、たまらんなあ、いいなあ、先生のことだから、さぞ、いい妓が敵娼《あいかた》だったのでしょうねえ」

「うむ、いい妓さ」

「ああ、羨ましい。何だか、心臓が速くなってきましたよ。まずいぞ、これは」

「こんなところで倒れられたら困る。もう帰るから、面白そうな本を貸してくれ。何かあるだろう？」

「そりゃあ、うちは貸本屋ですからね。本ならいくらでもありますが……」

　六右衛門が赤本を何冊か愛之助の前に並べる。

「新しく入ってきた本ですが、こんなものを読んで何が楽しいんですかねえ」

「楽しみ方は、人それぞれだろうよ。借りていくぜ」

　愛之助が赤本を手に取る。

五

井筒屋に戻り、横になって赤本を読んでいると、十手持ちの松蔵と下引きの三平《さんぺい》がやって来る。

二人の顔を見て愛之助が渋い顔になったのは、別に松蔵や三平が嫌いだからではない。用件を察したのだ。

「兄上か？」

「へえ、すぐに奉行所に来てほしいってことでして」

松蔵が申し訳なさそうにうなずく。

「何の用だ？」

「さあ、わたしには何とも……」

「それも、そうか。仕方ない。行くか」

赤本を放り出して立ち上がる。

六

「……」

愛之助は正座したまま、姿勢を崩すことなく雅之進の前に坐っている。すでに四半刻（三十分）くらいは経っているのではなかろうか。

雅之進はと言えば、まるで愛之助の存在に気が付いていないかのように、平気な顔で書見を続けている。それが雅之進なりの嫌がらせだとわかっているものの、愛之助としては黙って坐っているしかない。迂闊に文句でも言おうものなら、どれほど雅之進が怒るかわからない。そうなると、かえって面倒だ。

雅之進は茶を飲み、大きく息を吐くと、ようやく愛之助に向き直る。

「来たな」

「……」

とっくの昔に来ておりますよ、と言いたいのを、ぐっと堪《こら》える。

「ゆうべ、紀州屋という材木問屋に押し込みがあった。主の家族や奉公人は皆殺しにされた。盗賊どもは火を放って逃げた。知っているか？」

「知っております」

「耳が早いな」

「はあ」

「まさかとは思うが……」

雅之進がぐいっと身を乗り出す。

「おまえ、関わってはおるまいな？」

「冗談ではない。わたしがそんなことをすると思っておられるのですか？」

突然何を言い出すのかと、さすがに愛之助も慌てる。

「おまえが何をしても、わしは驚かぬ」

雅之進がまた茶を飲む。

「その押し込みですが、煬帝一味の仕業《しわざ》なのですか？」

「ふうむ、煬帝か。まだ、わからぬ」

「いつもの『世直し煬帝』の貼り紙はなかったようですが……」

「何だと？」

雅之進がじろりと睨む。

「そう聞いただけです」

「煬帝か。とんでもない悪党がいたものだ。このところ鳴りを潜めているが、捕まったわけではないから、そのうち、また何かするだろう。まったく、次から次へと悪さをする者が現れる」

「ふと思いついたのですが、煬帝の一味は、武士や浪人ではないでしょうか？」

「ん？」

「ご公儀に不満を持つ者たちでは、と」

「どういう意味だ？　おまえ、妙なことを考えているのではあるまいな」

「わたしではなく、そんなことを言って悪事を働く者たちがいるらしいのです。現に煬帝がそうではありませんか」

「ふんっ、世直し煬帝か。人を殺して金を奪い、それが世直しになるなどと、滅茶苦茶ではないか。大義名分を振りかざせば、何をしてもいいと思っているらしい」

「手がかりはつかめているのですか？」

「ううむ……」

　雅之進は難しい顔で、奉行所の者たちが必死に探索を続けているが、有力な手がかりはつかめていない、普通は賭場や盛り場で様々な噂が流れるものだが、なぜか、そういう場所では煬帝の噂がまったく手に入らないのだ、と言う。

「つまり、煬帝の一味は、そういう場所に出入りしていないということですね？」

「そうだ。他言無用だぞ」

「承知しています」

「余計なこともするな。おとなしくしていろ」

もういいぞ、帰れ、と蠅《はえ》でも追い払うように手を振る。

「そう言えば……」

ふと思いついて、潤一郎はどうしていましょう、兄上を訪ねて来ませんでしたか、と訊く。

「知らぬ。近頃は顔も見ていない」

「どんな役職でも結構ですから、何か世話してやってもらえませんか。婿養子の口があれば、それでも……」

「馬鹿者」

雅之進が大きな声を出し、人のことを心配している余裕があるのか、自分の心配をしろ、と舌打ちする。

七

愛之助が奉行所を出る。

どっと疲れを感じる。雅之進に会うと、いつもそうなのである。

(湯屋にでも寄って帰るか……)

汗を流して井筒屋に帰り、酒でも飲みながら赤本を読めば、少しは気が紛れるのではないか、と考える。そう考えて歩き出すが、

（潤一郎は、どうしているかな……）

親友・唐沢潤一郎のことが気になる。

かなりの遠回りになるが、番町の唐沢家に寄ってから井筒屋に帰ることにする。

潤一郎は留守だった。

顔見知りの下男が、佳穂が庭で剣術の稽古をしていると教えてくれたので、愛之助は玄関から庭に回る。

（ほう、やっているな。相変わらず元気なことだ）

佳穂の発する気合いの声が聞こえるのである。

稽古着を着て、額に鉢巻きをし、裸足《はだし》である。

木刀を上段に構え、気合いを発すると共に前に踏み出し、木刀を振り下ろす。それを延々と続ける。

単純な運動だが、それがどれほど大変なことか、愛之助にはよくわかる。この運動を三十回も繰り返せば、筋肉が強張《こわば》り、腕が鉛のように重くなる。

眺めていると、佳穂はひとつひとつの動作を決して疎《おろ》かにせず、まるで真剣勝負でもし

ているかのように素振りをしている。そんなやり方をすれば疲れは倍増するはずである。よほど集中しているのか、愛之助がやって来たことにも気付かない。更に三十回ほど繰り返す。

そこでようやく木刀を下ろす。

肩で大きく息をしている佳穂に、

「見事ですね」

愛之助が声をかける。

「まあ、愛之助さま。いつからおられたのですか？」

「あまりにも熱心に稽古をしておられるので、声をかけるのを忘れていました」

「からかわないで下さいませ」

手拭いで顔の汗を拭いながら、佳穂が口を尖《とが》らせる。

（ん？）

日を浴びて稽古ばかりしているせいか、佳穂は健康的に日焼けしている。小麦色の肌に玉の汗がいくつも浮かんで、きらきらと輝いている。その姿が何とも言えず、美しいのである。

遊郭の妓などは、病的なほど色白で手足がほっそりしていることが美しさの基本であり、愛之助もそれに異を唱えるつもりはないが、佳穂の美しさは、それとは対極にある美しさである。生命の力強さを感じられるような美しさなのだ。

今まで佳穂を女として意識したことはなく、親友の妹として、愛之助にとっても妹のような存在として接してきたが、初めて女として意識したと言っていい。

そんな自分の感情に愛之助自身が慌ててしまい、

「どうかなさいましたか？」

と、佳穂に問われたとき、

「いや、あの、それが……」

咄嗟に言葉が出てこない。

「は？」

「あっ、ああ、潤一郎は留守のようですね」

「兄にご用でしたの？」

「そういうわけでもありませんが、しばらく顔を見ておりませんし、先達て、気になることを聞きましたから……」

「そうでしたわね。あれは、わたしが悪うございました。愛之助さまを心配させてしまって」

「どうなのですか？」

「よくわかりませんの。わたしには何も言いませんし、この頃は行き先も告げずに出かけることが多いのです。どこに泊まるのか帰ってこないこともありますし、夜遅く帰ってくると、大抵、お酒を飲んでいるようです。そんな人ではなかったのに」

佳穂の表情が曇る。

「ご公儀を批判するようなことを口にするのですか？」

「父の耳に入って、厳しく咎められましたの。詳しいことは父も兄も申しませんが、おかしな真似をしたら勘当する、唐沢家と縁を切ってもらう……それくらいのことを言われたようです」

「そこまで……」

愛之助は驚く。

「父は気の小さい人ですし、それは上の兄も同じです。次男のせいで、ご公儀からお咎めを受けるようなことは何としても避けたいのでしょう。それ以来、口をつぐんでいるようですが、まだ蟠《わだかま》りがあるのか出かけてばかりいます。父や上の兄と顔を合わせたくないのかなと思っていますが」

「そうでしたか」

「こちらから相談しておいて、こんな言い方は失礼かもしれませんが、もう兄のことは放っておいて下さい。行いを改めるのであればそれでよし、そうでないのであれば、勘当されるのを覚悟してのことでしょうから、わたしたちがとやかく口出しできませんもの」

佳穂がさばさばした様子で言う。

「なるほど」

すでに唐沢家内部で話し合いが済んでいるのなら、愛之助がとやかく口出しをすることは何もない。あまりこじれず、穏便に決着してほしいと願うだけである。

（潤一郎に会えなかったのは残念だが、まあ、そのうち会う機会もあるだろう。帰るかな……）

そんなことをぼんやり考えていると、

「あの」

「え？」

ハッとする。佳穂が何か話しかけているが、気が付かなかった。

「すみません。何でしょうか？」

「ご公儀を悪く言ったりして、兄にも悪いところはありますが、それでも旗本奴《はたもとやっこ》などよりは、ずっとましではないかと言ったのです」

「ふうむ、旗本奴ですか……」

「悪い人たちなのですよね？　町の者たちに迷惑をかけていると聞きました」

「そうらしいですね」

「兄は、ご公儀に対して不満があるとしても、町の者たちに八つ当たりするようなことはしません」

「もちろんです。潤一郎は、そんな男ではない」

「時たま、旗本奴が成敗されると聞きました。どういう人が成敗するのでしょうか？　よほど剣術に達者でないと、そんなことは無理ですよね」

「さあ、よく知りませんが……」

愛之助がとぼける。

「正しいことだと思います。旗本としての本分を忘れて好き勝手なことをするならず者を放置するのは、それこそ、ご公儀の威信に関わりますもの。斬られても仕方のないことをしているわけですしね。しかし、一人や二人の人間が義憤に駆られてならず者を成敗するだけでは駄目だと思うのです。もっと多くの者が立ち上がらなくては」

佳穂が力説する。

「どうなさったのです、何かあったのですか？」

愛之助が怪訝《けげん》な顔になる。

「え？　いいえ、別に……」

今度は佳穂が慌てる。

「近頃は、あまり陵陽館にも行かないと聞きましたが？」

「ちょっと忙しかったものですから」

取って付けたような嘘をつく。

「たまには顔を見せて下さい。如水《じょすい》先生が淋しがっておられるようですから」

「はい」

「しかし、潤一郎は、どこにいるのだろう……」

「あの」

「はい？」

「浮遊剣《ふゆうけん》という秘技があるそうですね」

「え」

「放念無慚流《ほうねんむざんりゅう》の必殺剣だと聞きました」

「誰がそんなことを……？」

「如水先生から伺いました」

「先生も余計なことを言うものだ」

愛之助が顔を顰める。

「いくら稽古しても身に付くものではなく、極意を飲み込んだら、あとは実戦で試すしかない、しくじれば命がない……そう伺いました。自分が死ねば、浮遊剣もこの世から消える。それ故、愛之助には伝えたが、太平の世に必殺の殺人剣など必要ないだろうから、今となっては、それがよかったかどうかわからぬ、と」

「先生が？」

「はい」

「ふうむ……」

「愛之助さまと如水先生以外に使える人はいないということですか？　天河さまとか……」

「知りませぬな」

冷たく言い放つ。この話題を続けたくないようである。

「潤一郎が戻ったら、わたしが会いたがっていたと伝えて下さい。失礼します」

一礼して、そそくさと立ち去る。

「何だろう、急にあんなに慌てて……」

愛之助を見送ると、佳穂はまた稽古を始める。

四半刻（三十分）も続けると、体中から汗が噴き出し、息が上がる。腕も重く感じられる。そろそろ稽古を切り上げようと考える。

男であれば、ふんどし姿になって井戸端で水を浴びればいいが、女の身では、そうもいかない。

屋敷に入り、湯殿で冷水を浴びる。

水の冷たさで乳房が引き締まり、乳首が硬くなる。

贅肉《ぜいにく》のない、すらりとした裸身を水滴が伝い落ちる。首筋から足の先まで一点の染みもない肌理細《きめこま》やかな白い肌である。

ただ、左腕に赤黒い痣《あざ》がある。手首のあたりと二の腕だ。生まれつきの痣ではなく、誰かに強くつかまれた痕のようだ。充血して変色しているのである。

「……」

手拭いで体をふきながら、その痣を右手でそっとさする。

すると、あの日の記憶が鮮烈に甦ってくる。

その日……。

朝から陵陽館に足を運んで稽古に励んだ。

如水が手取り足取り丁寧に教えてくれるし、門人たちとの立ち合いも、いつも一人で素振りばかりしている佳穂にとっては刺激的で、時間が経つのを忘れた。気が付くと日が西に傾いていた。

「今日は駕籠で帰ってはどうか」

と、如水が勧めてくれた。

佳穂のような身分であれば、外出するときには供を一人か二人連れ歩くのが普通だが、そういう仰々しさと煩わしさを嫌い、できるだけ一人で出歩くようにしている。明るいうちならそれでもいいが、もうすぐ日が暮れそうだから、如水も心配したのだ。

「大丈夫でございます」

駕籠を断ると、如水は、それならばと佳穂と同じ方向に帰る門人たちを付き添わせてくれた。

佳穂も承知した。一緒に稽古した者たちと、剣術についてあれこれ話しながら歩くのは楽しかった。

「このあたりで結構でございます」

「先生から、お屋敷までお見送りするように命じられておりますので」

「それでは遠回りになるでしょうし、ここから屋敷までは、さして危ない道もございません。何かあれば辻番に駆け込みますし」

門人たちの申し出を断り、そこから佳穂は一人歩きした。普段は明るいうちに屋敷に戻るようにしているから、きっと母から小言を言われるだろうが、それだけのことである。完全に日が沈むにはまだ間があるし、あたりが薄暗いからといっても、別段、不安は感じなかった。

屋敷まで、それほどの距離ではないのは本当だ。

ただ、送ってくれた門人たちを心配させないように言わなかったが、途中、あまり人気のない竹藪《たけやぶ》のそばを通らなければならないし、近くには辻番もない。

（歩き慣れている道だもの。平気だわ）

その竹藪に近付いたとき、前方から悲鳴が聞こえた。女の声である。何だろうと不審に思い、足を急がせる。

人が揉み合っているようだ。薄暗いので、はっきりわからない。更に近付くと、二人の男たち、二本差しの侍だが、その二人が一人の女を竹藪に引きずり込もうとしている。女の身なりから察するに、町娘ではなく、どこかの武家屋敷に奉公している女のようである。何かの使いに出た帰りなのではあるまいか、と佳穂は察した。

女は助けを求めながら必死に抵抗するが、男二人の力に抗《あらが》うのは難しく、二人に抱えられてしまう。

(手込めにするつもりだ)

佳穂の頭に血が上る。同じ女として、決して許すことができないと思った。

「何をしているのですか。おやめなさい」

咄嗟に声を張り上げる。

男たちがぎょっとしたように振り返る。

相手が一人で、しかも、女だとわかると、途端に表情が緩み、

「おお、いい女ではないか。ちょうどいいぞ」

舌なめずりしそうな顔で鼻の下を伸ばす。

横抱きにしていた女を放り出すと、二人が佳穂に向かってくる。

（どうしよう……）

咄嗟に声をかけたものの、この場をどう収めればいいのか自分でもわからない。

佳穂の心臓が早鐘のように激しく打ち始める。

ごくりと生唾を飲み込む。

胸に手を当てる。

小柄《こづか》がある。

と言うか、それしか持っていない。女の身では刀はおろか、脇差しも携えることができない。

小柄一本で二本差しの相手二人と渡り合うなど、普通に考えればあり得ない。

「ほう、近くで見ると、本当にいい女だな。これだけの上玉は吉原の大夫《たゆう》にもおるまい」

「大夫は高すぎて手が出ないが、この女なら、ただで抱くことができる」

「確かに」

二人の男たちが声を合わせて笑う。

いい獲物が手に入ったと喜んでいる。何の警戒心も緊張感もない。佳穂を少しも怖れていないということだ。

「あっちの女も悪くない。どっちを先にいただくかな」

「どうせ、どっちも抱くのだ。どっちが先でもよかろう」

「……」

落ち着け、落ち着け、と佳穂は自分に言い聞かせる。自分が不利なのは承知しているが、だからといって、おとなしく相手の言いなりになるつもりはない。二人の男たちからは濃厚な酒の臭いがしている。かなり酔っているのだ。それだけでも有利だし、佳穂を侮っているから、更に有利だ。それを何とか利用しようと考える。

「お許し下さいませ」

佳穂が哀れな声を出す。

「ほう、何を許せというのだ？」

「どうかお見逃し下さいませぬか」

「ならぬ、と言ったら？」

「父の使いで出かけた帰りでございます。懐に十両持っております。これを差し上げます る故、お見逃し下さいませぬか」

「ん？　十両とな。本当に持っているのか」

「はい、ここに……」

懐に手を入れて、佳穂が相手との距離を詰める。

二人は佳穂を甘く見ているから、平気な顔をして佇《たたず》んでいるだけだ。

「どうぞ」

佳穂が手を差し出す。

しかし、佳穂の手にあるのは財布ではなく抜き身の小柄である。

「え」

一瞬、相手が驚く。

佳穂は小柄で相手の顔を払う。

頬と鼻が切れる。さして力は入れていないから傷は浅い。相手が驚いて後退る。

もう一人の男が佳穂の手首をつかむ。右手をつかまれたら身動きできなかっただろうが、幸い、つかまれたのは左の手首である。

小柄で相手の顔を払う。

避けられる。

相手は手首を放し、今度は二の腕をつかむ。

それを振り払おうとするのではなく、逆に二の腕をつかまれたまま相手の懐に飛び込んで肩をぶつける。意表を衝かれて、相手は姿勢を崩す。

その隙に、佳穂は相手の太刀《たち》を奪い取る。

小柄を捨て、素早く正眼《せいがん》に構える。

「このまま、おとなしく立ち去れ」

「このクソ女、いったい、何の真似だ？」

刀を奪われた男が脇差しを抜く。

もう一人の男も刀を抜く。

「おまえたちは酔っている。わたしと立ち合えば、二人とも死ぬことになるぞ。立ち去れ」

「うるせえ」

脇差しを手にした男が佳穂に斬りかかる。

佳穂は何も考えていない。そんな余裕はなかった。

体が勝手に反応したのである。

これこそ普段の鍛錬《たんれん》の賜《たまもの》であろう。

脇差しを払うと、更に間合いを詰め、刀を上段から振り下ろす。

これといった手応えはなかった。

しかし、相手の首筋から血が噴き出し、ばったりと倒れる。たちまち周囲に濃厚な血の匂いが立ち籠める。

(斬った)

自分のしたことに呆然とする。

が、じっとしている暇はない。

もう一人の男が斬りかかってきたのだ。

かろうじて受け止めるが、やはり、男の方が腕力がある。鍔迫《つばぜ》り合《あ》いになれば、佳穂が不利である。相手の力にぐいぐい押されて、劣勢になる。

(下がっては駄目だ)

如水の教えを思い出す。苦しいときは退きたくなるが、それはもっと不利になるだけである。苦しいときこそ、前に踏み出さなければならぬ。

渾身《こんしん》の力を込めて、相手の刀を押し返す。

ほんの一瞬、相手の動きが止まる。

その一瞬が生死を分ける。

佳穂の刀が一閃する。

相手がばったり倒れる。

佳穂の足許にふたつの骸《むくろ》が転がる。

「……」

佳穂が呆然としていると、

「ありがとうございます」

そばで女の声がする。

二人の男たちに竹藪に連れ込まれそうになっていた女である。

「わたくし、静香《しずか》と申します。この先の尾山美濃守《おやまみののかみ》さまのお屋敷で腰元を務めております。

お使いに出た帰り、駕籠に乗ればよかったのですが、それほど遠くないので、つい一人歩きしてしまい、このような目に遭いました。来月には、暇乞《いとまご》いをして実家に戻って祝言を挙げることになっております。しかし、こんな男たちの慰み者にされたら、祝言どころか生きていることもできませんでした。あなたさまは、わたくしの命の恩人でございます。このご恩は死ぬまで忘れませぬ。差し支えなければ、お名前を伺えませぬでしょうか？」

「唐沢佳穂と申します」

答えてから、

（あ、名乗ったのはまずかったかな）

と悔やんだが、もう遅い。

「唐沢佳穂さまでございますね。そのお名前、しかと胸に刻みました。血が出ております」

静香が心配そうに佳穂の手を取る。

「これは、わたしの血ではありませぬ。あの者たちの血です」

「これを」

静香が地面から小柄を拾って、佳穂に渡す。

「知っている者たちですか？」

「いいえ、存じませぬ。ただ、二人の話を聞いていて、どこかの旗本の子弟だとわかりました。悪さばかりする旗本奴たちでございましょう」

「旗本奴ですか」

「もう暗くなってきているので、幸い、人目にはつきますまい。急いでここから立ち去りましょう。たとえ相手が旗本奴だとしても、事が公になれば面倒なことになりかねませぬ。佳穂さまにとっても、わたくしにとっても……」

「わかりました。行きましょう」

佳穂と静香はその場を離れ、尾山美濃守の屋敷のそばまで静香を送った。

それから佳穂は帰宅した。部屋で着替えをすると、かなり返り血を浴びていることがわかった。夜道で誰にも出会わなかったし、屋敷の中も暗いので家族や奉公人にも気付かれなかったのだ。

そんなことがあった。

(わたしが二人の旗本奴を斬ったのだ……)

とても本当にあったこととは思われないが、手首や二の腕に残っている痣を見れば、夢などではなかったとわかる。

人の命を奪ったことを悔やんでいるとか悩んでいるとか、そういうことはまったくない。逆である。

人を斬ったときの爽快感、斬った後にあたりに立ち籠めた濃厚な血の匂い……思い返すたびに体が震えるような快感を覚える。

あの日以来、自分は変わった気がする。

それがいいことなのか悪いことなのかわからないが、その変化を如水に見透かされそうで怖いから陵陽館に足を向けることができないのだ。

とは言え、反省材料も多い。

二人を斬ることができたのは、単に運がよかっただけである。相手が佳穂を侮って油断し、しかも、かなり酔っていたからで、素面で立ち合っていたら、屍《しかばね》となって地面に転がっていたのは自分の方だったに違いない、と思う。

実戦における自分の未熟さを嫌というほど思い知らされた。

（どうすればいいのだろう……？）

稽古が足りないとは思わない。人一倍、熱心に稽古に励んでいる。

しかし、所詮、稽古と実戦は別物だということなのであろう。

あの日以来、佳穂は思案を重ねている。

自分には何が足りないのかと考え続けて、如水が口にした浮遊剣に思い至った。実戦だけで役に立つ必殺剣である。それこそ佳穂が欲しているものではないか。

（知りたい）

浮遊剣の奥義を知りたくてたまらないが、どうすれば愛之助から聞き出すことができるかわからない。

八

唐沢家を出た愛之助が渋い顔で歩いている。

（愉快でないことが続くな）

江戸に戻ってからというもの、やたらと不愉快なことばかり起こるのである。

御子神検校の用心棒を引き受けたら、盗賊騒ぎに巻き込まれ、約束の金を払ってもらうことができなかった。

兄の雅之進に呼び出され、ねちねち嫌みを言われた揚げ句、盗賊の一味として押し込みに加わったのではないか、と疑われた。

さすがに愛之助も、

（そこまで信用がないのか）

と愕然とした。

気を取り直して唐沢潤一郎に会いに行ったら、またおかしなことがあった。潤一郎に会うことができなかったのは仕方がない。また出直せばいいだけのことである。

佳穂が浮遊剣について質問したことが不愉快なのだ。放念無慚流の秘事を簡単に洩らした如水の口の軽さにも腹が立つ。

そんなこんなで気持ちがむしゃくしゃする。不快な思いが胸の内で渦巻いている。

(湯屋にでも行くか。汗を流せば、少しはさっぱりするかもしれぬ)

真っ直ぐ井筒屋に帰るつもりだったが、考えを変えて松蔵のやっている湯屋に行くことにする。長濱町だと遠回りになるが、それでも構わないと思った。

九

「まあ、先生」

愛之助の姿を目にすると、お清が跳び上がらんばかりに喜ぶ。

番台に八文の入浴料を置き、

「松蔵は仕事かい?」

「ええ、こっちが本職のはずなんですけど、三平を連れて朝早くから奉行所に出かけてますよ。亭主がいなくても大して困りませんけど、釜焚《かまた》きがいないと困るんですよね」

「おまえがよく働くから、松蔵も安心してお役目を務めることができるんだろうさ」

「嬉しいことをおっしゃって下さいますねえ。ああ、今の言葉を亭主に聞かせてやりたい」

「上がるぜ」

愛之助が二階に上がっていく。二階で刀を預けてから入浴するのだ。

二階は休憩所になっており、入浴を終えた男たちが思い思いにくつろいでいる。

「先生～」

愛之助を目にした下女のお万《まん》が黄色い声を発しながら駆け寄ってくる。

「今日は、ゆっくりできるんですか？」

「そのつもりだよ」

「ああ、幸せだ。お世話させて下さいね」

豊満な体を恥ずかしげにくねくねさせてお万が笑う。

「まず汗を流してくる」

お万に刀を預けて、愛之助が下に戻る。

裸になって洗い場に入ると、顔馴染みもいれば、見たことのない客もいる。男もいれば女もいる。老若男女様々である。初めて愛之助に会う女たちは、股間にぶら下がる巨大な猪母真羅を目にして、ぎょっとしたようにふたつの目を大きく見開く。

そういう目で見られるのには慣れているから愛之助は平気な顔をしている。

柘榴口《ざくろぐち》を潜《くぐ》って、湯船に入る。

湯に浸かっていると、ささくれ立っていた心が柔らかく溶けていくような気がする。眠気まで兆してきて、面倒なことを何も考えられなくなってしまう。

（ああ、いい気持ちだ）

洗い場に出ると、お清が糠袋《ぬかぶくろ》を手にして待っている。背中を流そうというのだ。いつもは、そういう気遣いを鬱陶しく感じるのだが、今日は素直に、

「すまんな」

と、お清に背を向けて坐り込む。

さすが本職である。小気味よく垢をこすってくれる。力の加減も強すぎず弱すぎず、ちょうどいい。

「だいぶ、お疲れみたいですね」

「わかるか？」

「ええ、背中が張ってるし、あちこち硬くなってます。少しほぐさないと、そのうち痛みが出てきますよ。たまに按摩《あんま》を頼むといいですよ」

「検校の用心棒はよく引き受けるが、検校に按摩をしてもらったことはないからな。大して力もなさそうだから頼みたいとは思わないが」

「検校さまの悪口を言うと罰が当たりますよ。検校さまが按摩なんかするもんですか。頼むなら座頭でしょうよ」

「まあ、そうだな」

「今日は、わたしに任せて下さいな。亭主も留守だし、奥でゆっくりと揉みほぐして……」

「ありがとうよ。もういいぜ」

愛之助は腰を上げると、洗い場を出て、さっさと身繕《みづくろ》いする。そのまま二階に上がってしまう。

「先生、こちらにどうぞ。支度しておきましたよ」お万がにこやかに声をかける。

頼んだわけでもないのに、すでに酒肴《しゅこう》が用意されている。

「うむ」

腰を下ろすと、

「おひとつ、どうぞ」

お万が酌をしてくれる。

「ありがとう」

「わたし、幸せです」

お万が愛之助にぐいぐい体を押しつける。豊かな乳房が潰れてしまうほど強く体を密着させる。

「おい、お万ちゃん、こっちには目の毒だぞ」

「わしにもやってくれよ」

そばで将棋を指している老人たちが冷やかす。

「駄目よ、先生は特別なんだから」

「わしも先生になりてえや」

「お万ちゃんの胸に顔を埋めたいよ」

「ちょっとでいいから、そのおっぱいを揉ませてくれねえか」

「あんたたちのお粗末なものがまだ役に立つのなら、こんなところで油を売ってないで、岡場所にでも行ったらどうなんですか」

「そんな金があるかよ」

「湯屋でちびちび酒を飲みながら将棋を指すくらいが、わしらの贅沢さね」

「それなら、おとなしくしてるんだね」

「お万、そう厳しいことばかり言うなよ」

愛之助がたしなめる。

「先生……」

お万が愛之助の耳を優しく噛む。

「抱いて下さいよお。先生の猪母真羅を想像するだけで、あそこがうずうずしちまってどうにもならないんですから。触ってみて」

愛之助の手を自分の股間に導いて触らせる。

（これは大洪水だな）

触ったと思った途端、愛之助の二本の指がお万の花弁に吸い込まれてしまう。中がぐっしょり濡れており、愛液が太股にまで流れ出ている。

「気持ちよさそうだな」

「ええ、気持ちいいですよ。わたし、何でもしてあげる」

お万が愛之助にしなだれかかったとき、

「こら、何をしてやがる」

二階に上がってきたお清が目尻を吊り上げ、鬼のような形相でお万を睨む。

「怠けてないで仕事をしやがれ」

「ちゃんとやってますよ。心配しないで下さい」

「他にもお客さんがいるだろうが」

「大丈夫です。二階のことは任せて下さい。おかみさん、下のことをやっていて下さいよ」

お万もふてぶてしい。

「何だと」

お清の顔が更に険しくなったとき、

「さて、と」

愛之助が猪口を置いて立ち上がる。

「おれは帰る。刀を頼む」

「え、もうお帰りですか」

お清とお万が声を合わせて悲鳴のように叫ぶ。

「喧嘩したいのなら、おれが帰ってから、ゆっくりやってくれ」

十

お清とお万の諍《いさか》いに辟易《へきえき》させられたものの、湯屋に寄ったおかげで、愛之助はだいぶ気分がよくなった。少なくとも、唐沢家を出た直後のやり場のない腹立たしさや苛立《いらだ》ち、体の内側から己を蝕《むしば》むような不快感は消えている。

伊勢町に向けてのんびり歩いていると、

（ん？）

突如、下半身に異変を感じる。

猪母真羅が大きくなってきた。

（女がほしいな……）

愛之助が女を欲するのは珍しい。いつもは女の方から勝手に寄ってくるので、自分から女がほしいなどとは考えないのである。怪我をして療養している間は女色を控えていたから、傷が癒えて、その反動が出てきたのかもしれないと考える。

ふと、美吉野を思い出す。

鈴風は、美吉野が愛之助に惚れてしまった、と言った。それが本当だとしても、御子神検校が美吉野に執着しているから愛之助は手を出すことができない。興味はないわけではない。いい女なのだ。

（いかん）

うっかり美吉野のことを考えたせいで、猪母真羅が更に大きくなってしまう。

このまま井筒屋に戻るのはまずいな、と愛之助が足を止める。こんな状態で井筒屋に帰り、そこにお藤が現れて、抱いてくれろと迫ってきたら、見境なく抱いてしまいそうだ。

以前、そういうことがあった。

成り行きでお藤を抱いてしまったのだ。

一度だけの過ちだが、そのときの喜びをお藤は忘れることができないらしく、それ以来、隙あらば、愛之助に抱いてくれろとせがむ。

今、井筒屋に帰るのはまずい、女を抱いてから帰らねば、と思案する。まるで、どこかで飯でも食っていこうかと考えているかのような気楽さである。愛之助にとっては、女を抱くのも飯を食うのも大した違いはないのかもしれない。

ぼんやり佇んで、誰の所に行こうかと考える。

香澄なら喜んで迎えてくれるだろうが、検校の屋敷に行く気はしない。山尾《やまお》でもいいが、番町までが遠いし、玉堂や吉久美と顔を合わせるのも億劫《おっくう》だ。こんなことなら湯屋でお万を抱けばよかったと後悔する。三十過ぎの大年増だが、豊満ないい体をしているし、愛嬌《あいきょう》もある。愛之助が求めれば、大喜びで体を開いてくれたであろう。

「先生、どうなさったんですか?」

背後から声をかけられて、愛之助がハッと我に返る。振り返ると、お耀《よう》である。同じ町に住む小唄の師匠だ。

「ああ、お耀さんか。湯屋の帰りですか?」

愛之助は長濱町で湯に入ったが、お耀は伊勢町の湯屋に行ったのであろう。髪が濡れ、頬が火照っている。

「ええ」

お耀がにこやかに微笑んだとき、

(いかん)

猪母真羅がまた大きくなり、天を見上げる。早く何とかしてくれないと爆発してしまうぞ、と叫んでいるかのようだ。

お耀が視線を落として、手で口許を押さえる。

「あら」

「ん？」

何気なく下を向いて、愛之助がぎょっとする。普段から下帯をあまりきつく締めないようにしているのだが、そのせいで、下帯の隙間から猪母真羅が飛び出し、着流しを持ち上げている。

「すみません」

愛之助が赤くなる。

「あの……よかったら、うちにいらっしゃいますか？　旦那さんが来るまで、まだ半刻（一時間）くらいあるはずです。今夜は小女もおりませんし」

視線を逸《そ》らしながら、お耀が言う。

「……」

お耀の旦那は、堀江町《ほりえちょう》の町年寄を務める越前屋吉左衛門《えちぜんやきちざえもん》という五十がらみの男で、愛之助とも顔馴染みだ。吉左衛門がお耀に入れあげているのを知っているから、お耀の誘いに咄嗟に返事ができなかった。

「遠慮なく、どうぞ」

お耀が先になって歩き出す。

（これから越前屋さんが来ると言ってるじゃないか。そんなところに、のこのこ行くつもりか？　よせ、やめておけ……）

そう自分に言い聞かせる。

しかし、猪母真羅は怒張しており、もう痛みを感じるほどになっている。

（駄目だ。どうにもならん）

ふーっと溜息をつくと、愛之助がお耀を追って、とぼとぼ歩き出す。

十一

「ああっ、ああっ……」

声が洩れないように、お耀は口に手拭いを噛んでいるが、それでも抑えようのない声が洩れる。顔を歪《ゆが》ませ、額に大粒の汗を浮かべ、両手を愛之助の背中に回し、必死にしがみついている。よほど力が入っているのか、爪が愛之助の背中に食い込んで血が滲《にじ》んでいるが、愛之助は痛みを感じていないようだ。お耀とのまぐわいが気持ちよすぎるから、快感が痛みを押し流してしまうのだ。

「ああっ、奥まで……奥まで入っています。体が壊れてしまう……」

「まだだ、まだだぞ」

愛之助の猪母真羅は巨大すぎるから、どんな女とまぐわうときも、いきなり猪母真羅をすべて挿入することはない。そんなことをしたら本当に壊れてしまうからだ。最初は先の方だけで、十分に濡れて具合がよくなってきたら、少しずつ奥まで入れていくのだ。すでにお耀とは四半刻（三十分）近くも抱き合っているから、十分すぎるほど濡れている。猪母真羅を奥の方まで挿入する。よほどお耀の体と相性がいいのか、お耀の気持ちの高まりと共に、愛之助も次第に恍惚《こうこつ》としてくる。

「先生、お願い、もっともっと……」

「うむ、もうすぐだぞ」

二人の心がひとつになり、手を取り合って天上の高みに舞い上がろうとしたとき、玄関先でがたんと大きな物音がする。戸が叩かれ、開けておくれ、なぜ、つっかい棒なんかしてるんだね、と吉左衛門がお耀を呼ぶ声がする。

「いかん」

愛之助がお耀の体から離れる。

「勝手口から」

襦袢《じゅばん》を引き寄せながら、お耀が言う。

「うむ」

刀と着衣を手にして愛之助が勝手口に回る。そのまま外に出ようとして、自分が素っ裸だと気が付く。慌てて下帯を締め、着流しを羽織る。

（おれは間男なのか。情けない……）

ふーっと溜息をつきながら、こっそり家を出る。

十二

（ここで二人を斬ったのだ……）

佳穂が竹藪を見上げる。

あたりは、しんと静まり返っており、人通りもない。ここで斬り合いがあったとは、とても信じられない思いがする。しかも、斬り合いを演じたのは佳穂自身なのである。

（あの男たちは、どうなったのだろうか。どこかの旗本の子弟だということだったけれど……）

佳穂と静香は、すぐにその場から立ち去ったので、その後のことは何も知らない。誰が二人の死体を見付け、その死体は、どうなったのか、旗本奴だとすれば、きっと仲間がいるはずだから、二人を斬った者を捜しているかもしれない……そう考えると、この場所にやって来たのはまずかったかもしれない、と後悔する。

（だけど、きっと平気だわ。まさか女に斬られたなんて誰も思わないだろうから）

気になるので来てみたが、もうここに来るのはやめよう、屋敷に戻ろう……踵《きびす》を返したとき、目の前に人がいたので、あっ、と声を上げてしまう。

「申し訳ございませぬ。驚かせてしまいました。何か考え事をなさっているようだったので、声をかけるのを控えておりました」

静香である。佳穂が助けてやった腰元だ。

今日は一人ではない。初老の下男を従えている。

「あ、いいえ……静香さま、どうなさったのですか、こんなところに来て？」

「わたくしは……」

この場所に来れば、また佳穂さまにお目にかかれるのではないかと期待して来たのです、もちろん、一人歩きは怖いので必ず供を連れ歩くようにしています、と目を伏せて静香が答える。

「わたしに会いに、ですか？」

「はい。先達て申し上げたように、自分は行儀見習いのために尾山美濃守さまのお屋敷に奉公に上がっておりますが、実家は日本橋で呉服問屋を営んでおります。もうすぐ祝言を挙げることになっているので、お暇をいただく日も近付いておりますし、祝言の打ち合わせもありますので、この頃、実家にはよく帰ります。あの次の日にも帰りました。危ういところを佳穂さまに救われたことを父と母に話しましたら、二人ともたいそう感謝しまして、母など、何というありがたいことだろう、その場にたまたま佳穂さまが居合わせたのは御仏《みほとけ》の御加護に違いないと泣き崩れてしまったほどです」

「そんな大袈裟な……」

「ぜひ、お礼を申し上げなければ、と両親が申しまして、失礼ながら、番町の唐沢さまを調べましたところ、わたくしどもなどが伺えるようなところではない、大変な大旗本家ではないかと驚きまして、その方は本当に唐沢佳穂さまと名乗ったのか、他の唐沢さまか、もしくは、おまえの聞き間違いではないのか、あの唐沢さまのご息女であれば、他人《ひと》からお姫さまと敬われる身分だから一人歩きなどするはずがないし、まして刀など振り回すはずがない……そんなことを申すのです」

「ああ、なるほど。よくわかります」

佳穂がうなずく。

静香の両親の言う通りなのである。

唐沢家と同じくらいの家格の娘であれば、深窓で大切に育てられ、滅多に外出などしないし、たまに外に出るときは必ず何人かの供が付き添う。しかも、徒歩ではなく、大抵は駕籠を使う。

佳穂のように一人で好き勝手に出歩いたり、剣術修行に励んでいるような娘は一人もいない。

「正直に言えば、わたくしは佳穂さまがどういう方であっても構わないのです。いや、そうではありません。大旗本のお姫さまでは畏れ多くてお話もできませんから、むしろ、そうでなければいいなと思うほどなのです」

「それで結構ですよ。わたしをお姫さまと呼ぶ者は身近におりませんから。とんでもないお転婆《てんば》だと父も母もとうに匙《さじ》を投げておりますので」

「ご迷惑かもしれませんが、日本橋の実家に来ていただくことはできませんでしょうか？」

「お礼なんか必要ありませんよ」

「こちらの気が済みません。わたし自身、暇乞いが近付いておりますので、好きなときに実家に戻ることができます。明日、父と母と一緒にお待ちしますので、どうかお越し願えませんか？」

「そうですか……」

あまり熱心に静香が見つめるので、佳穂は恥ずかしくなってしまう。

（お礼なんかいいのに……）

かといって断るのも気詰まりだし、気晴らしに日本橋に出かけると思えばいいかなと考えて、明日の訪問を承知する。

十三

井筒屋の離れ。

愛之助が寝転がって赤本を読んでいる。

そこにお美代が酒と肴を盆に載せて運んでくる。

「おお、すまんな」

赤本を放り出して起き上がる。

「どうぞ」

「うむ」

お美代に酌をしてもらう。

どことなくお美代の表情が暗いことに気が付き、

「どうした、何かあったのか？」

「先生、わたし、傷ものなんかじゃありませんよ。さらわれて縛られたりはしましたけど、手込めになんかされてないんですからね」

「何だ、急に？」

「誰も彼もが陰口を叩くから……。習い事に行くのもやめました」

お美代がしょんぼりする。

愛之助は猪口を置いて姿勢を正し、

「すまん。おれのせいで、おまえにまで迷惑をかけてしまった。この通りだ」

深々と頭を下げる。

「先生が悪いわけじゃありませんよ」

「いや、おれが悪いんだ。おれにできることがあれば何でも言ってくれ」

「本当？」

「ああ」

「じゃあ、先生のおかみさんにして下さい」

「は？」

愛之助が顔を上げる。

お美代がにやにや笑っている。

「馬鹿め。ふざけたな」

「そういうわけじゃありませんけど」

肩をすくめる。

そこに宗右衛門がやって来る。

「こら、暗くなってから、ここに来てはいかんと言っただろう。しかも、二人きりでいるなんて」

　お美代に小言を言う。

「お酒を運んできただけよ」

「運ばなくていい。勝手なことをするな。きちんと代金を払ってくれるのならいいが、どうせ、ただ酒になってしまうんだから」

「そんなことを言うのは失礼よ」

「おまえは黙っていなさい。先生、そろそろ溜まったものを払っていただきませんと、うちも困るのです」

「承知している。とりあえず、今はこれしか持ち合わせがない」

　財布から金の小粒を取り出す。検校にもらった用心棒代だ。変な見栄を張って断らなくてよかった、もらっておいてよかった、とホッとする。

「全然足りないようですが」

　舌打ちしつつ、小粒を受け取る。

「わかっている」

「番町のお屋敷に無心なさったらいかがですか、それとも、奉行所の兄上にでも」

「それを言うな。自分で何とかする。もう少しだけ待ってくれ」

「その台詞《セリフ》、もう聞き飽きてしまいましたけどね」

ふーっと溜息をつき、お美代を連れて離れから出て行く。

また寝転がって赤本を読み出すが、どうにも筋が頭に入らない。

「ううむ、困ったな。何か仕事を見付けないと、本当に素寒貧だぞ」

独り言をつぶやく。

十四

「わははははっ」

皆の顔からは笑いが絶えない。

海老蔵、岩松、次郎吉の三人は見るからに嬉しそうだ。荒瀬の表情も明るい。

孔雀も口許に笑みを浮かべてはいるものの、心から喜んでいるという感じではない。

部屋中に小判が散らばっている。

すべて自分たちのものだ。

浴びるように酒を飲みながら、小判をすくい上げて天井に向けて放り上げる。降ってくる小判に埋もれて大笑いするのだ。

上座に孔雀が坐り、その傍らに千両箱がいくつか置いてある。中身は小判だけではない。

金や銀の小粒がかなり混じっていたし、銭も多い。奪い取った金は予想よりも、ずっと少なかった。

孔雀が六百両を取り、四人の手下どもは三百両ずつの分け前である。それで一千八百両、それ以外に銭と銀の小粒がたくさんあるが、まだ数えていない。

「これだけあれば、いい妓を抱けるなあ」

女好きの岩松が鼻の下を伸ばす。

「あまり派手に遊ぶんじゃねえぞ。目立つようなことをするな」

荒瀬が釘を刺す。

「承知してますよ」

海老蔵がうなずく。

「まあ、ほどほどに楽しませてやりなよ」

孔雀が言うと、海老蔵がはいとうなずき、おい、行くぞ、と岩松と次郎吉に声をかける。

「吉原かあ、どんなにいい妓がいるのかなあ」

「まったくだ」

岩松と次郎吉が顔を見合わせて笑う。

三人が出かけると、後には孔雀と荒瀬が残る。

「馬鹿な奴らだ。吉原に行ったところで、お頭みたいないい妓はいないってのに。目の前にどんなにいい女がいるのか何もわかっちゃいねえ」

「世辞を言うな」

「本心ですよ」

「酒だ、荒瀬」

「へい」

ふたつ返事で腰を上げ、荒瀬が台所に行く。

酒と肴を用意して、すぐに戻ってくる。

「どうぞ」

「うむ」

孔雀が荒瀬の酌を受ける。

「ほら、おまえも飲め」

「すみません」

荒瀬が両手で酌を受ける。

「あとは手酌で飲む。おれのことは気にするな」

「承知しました」

「稼ぎの後の酒はうまいのう」

片膝を立て、その膝に顎をのせて、孔雀が酒を飲む。陰部が露わになっているが、少しも気にする様子はない。

「何か、考え事ですかい？」

「なぜ？」

「冴えない顔をしてるようですから」

「岩松と次郎吉は大喜びしていたが、海老蔵はそうでもなさそうだったな」

「いやあ、喜んでいるでしょうよ」

「三百両なんて、吉原で豪遊したら、一晩でなくなるぞ」

「そんな馬鹿なことはしないでしょう。目立ちすぎますからね」

「例えばという話だ。おれたちは、あそこで何人殺した？」

「十五人くらいですかね」

「お縄になれば、おれたちは死罪だ。打ち首だぞ。そんな危ない真似をしたのに、これっぽっちの稼ぎじゃ割に合わない」

「確かに、ちょいと期待外れでしたね。半季分の売掛金を回収したというし、あれだけの大店ですから、控え目に考えても五千両はあるだろうと踏んでましたが……」

「あったのさ。五千両どころか、もっとあったぜ」

「え」

「現金じゃなかったということだ。手形がたくさんあった」

「ああ、そういうことですかい」

荒瀬が納得してうなずく。

「手形なんか奪ったところで、のこのこ両替商に持って行くわけにもいかないしな」

「もっともです」

「くそっ、うまくいったら二年くらいのんびりするつもりだったが、そうもいかなくなったな」

「と言っても、なかなか、いい獲物は見付かりませんからねえ」

「実はな……」

孔雀がぐいっと身を乗り出し、御子神検校の話をする。

「へえ、検校の屋敷ですか。それは気が付きませんでしたね。小判がうなるようにあるのは手広く商いをしている商家だけだと思い込んでましたから」

「世の中、いろいろなところに金が眠ってるということだな」

「そうですね。あいつらが出かけた吉原にだって、どこの見世も小判がうなってるはずですからね」

「吉原に大金があることは誰でも知っているが、用心棒の数も半端じゃないから、誰も吉原を襲おうとは考えない」

「検校の屋敷は、どうなんですか？　用心棒、いないんですか」

「いるさ」

孔雀の脳裏に愛之助の姿が甦る。

「但し、吉原みたいにたくさんいるわけではなさそうだ。せいぜい、一人か二人だろう」

「おいしい話ですね」

「いくらでも金を使っていいから、できるだけ詳しく調べてみろ。本当に屋敷に金があるのかどうか」

「やってみます。しかし、商家の内情を調べるのには慣れてますが、さて、検校の屋敷のことは、どうやって調べればいいものか……」

荒瀬が首を捻る。

「よく考えな」

御子神検校の屋敷を襲うことを荒瀬が賛成してくれたので、孔雀は機嫌がよくなり、表情も明るくなる。ホッとしたせいか、酒も進み、酔いが回って肌が火照ってくる。

「お頭、男がほしいんじゃないんですか？」

付き合いが長いので、荒瀬は孔雀の心と体の微妙な変化を素早く察知できるのである。

「男か……」

「よければ、お相手しますが」

「ふんっ」

猪口を置いて、孔雀が立ち上がる。

「厠ですかい？」

「いや、ちょっと出てくる」

「え、こんな時間からどこに行くというので」

「心配するな。おまえは酒を食らって、勝手に寝てろ」

さっさと身繕いすると、唖然《あぜん》とする荒瀬を置き去りにして、孔雀が出て行く。

（あの男がほしい……）

愛之助のことである。

厳密に言えば、愛之助の猪母真羅がほしいのであろう。いつものことだが、押し込みの後は男がほしくなる。人を殺し、返り血を浴びると、興奮を抑えきれなくなってしまうのだ。それ故、押し込みの翌日には手当たり次第に男をくわえ込むようなことをする。

今回は、期待したほどの稼ぎでなかったせいか、それほど男がほしいとも思わなかったが、紀州屋に続いて、御子神検校の屋敷を襲うと決めると燻《くすぶ》っていた欲望が一気に燃え上がった。

孔雀は愛之助を御子神検校の用心棒だと思い込んでいるから、検校の屋敷に行けば、愛之助に会えると信じている。もっとも、どうやって呼び出すのか、顔を合わせて何と言うつもりか、そこまでは考えていない。

（ふんっ、抱いてくれろ、としなだれかかれば、まさか嫌だとは言わないだろうさ）

実際、今まで孔雀の方から男を誘って断られたことは一度もないのだ。どんな男でも誘いに乗る。

箱根の宿では、愛之助と寝ることはできなかったが、それは邪魔が入ったからで、そうでなければ、すんなりまぐわっていたはずである。

孔雀たちの盗人宿、「ひばり」という船宿は平右衛門町にある。

御子神検校の屋敷は米沢町にあるから、孔雀は柳橋《やなぎはし》を渡って両国に行こうとする。まだ町木戸が閉まる時間ではないが、通りには人の姿が少ない。

平右衛門町を出て茅町にさしかかったとき、

「おう、姉さん、そんなに急いでどこに行くんだね？」

遊び人風の二人連れに声をかけられる。かなり酔っているようだ。

「ちょいと、そこまで」

「いくらだ？」

「え」

「あんたの値段さ」

「お門違いですよ」

足早に通り過ぎようとすると、一人が通せんぼをする。

「邪魔しないで下さいな」

「そう冷たくすることはないだろう。買ってやると言ってるんだぜ。ただでやらせろって話じゃねえんだ」

「広小路の方に行けば、この時間なら、いくらでも夜鷹がいるはずですよ。そっちに行ってみたらどうですか」

ごめんなさいよ、と男の傍らをすり抜けようとする。

「おい、気取るんじゃねえよ」

男がぐいっと孔雀の腕をつかむ。

「何をするんだい」

男の手を振り払い、思わず声を荒らげる。

「おれたちは、あんたとやりてえのさ。おとなしく股を広げなよ。ちゃんとお代は払ってやるからよ」

「断ったら、どうなるんですか?」

「それは無理だぜ。なあ?」

もう一人の男に顔を向ける。

「ああ、無理だ。力尽くでまぐわうようなことはしたくねえなあ」

「そうですか。わかりました。まさか、こんな往来でやるわけにもいかないでしょう。あっちの暗がりでお願いしますよ」

「最初から、そう言えばいいのさ。ほら、こっちだ」

男たちが孔雀の前後を歩く。逃げないように警戒しているのであろう。

往来から細い小路に入る。天水桶の陰まで来ると、

「このあたりでいいだろう。誰も見てやしないぜ」

「ええ、そうですね。ここでいいですよ」

「さっさと横になって股を開きなよ」

「お兄さんたちも下帯を取ったらどうですか？　こっちは、もう濡れてますからね。いつでも入りますよ」

「嬉しいねえ」

へへへっ、と笑いながら、男たちが下帯を外す。

「どっちが先だ？」

「おれだろう」

「いやいや、おれさ」

「大丈夫ですよ。二人一緒にやれますよ。後ろでも前でも……口を使うのも得意ですしね」

「本当かよ？」

「二人一緒にやらせてくれるのか？」

「こちらへどうぞ」

孔雀が男たちを誘う。

「へへへっ、たまんねえぜ」

男が孔雀の体に手を回そうとする。

月明かりを浴びて、孔雀の手許で何かがキラリと光ったが、欲望でギラギラした男の目に映ったかどうか……。

「うっ」

「ん？　どうかしたのか」

「あっ、あっ、あっ……」

「何だよ、いったい？」

男が仲間の顔を覗き込む。両目を大きく見開き、口をパクパクさせている。背中を丸め、両手で股間を押さえている。

「次は、あんたの番だよ、お兄さん」

「え」

「ほら」

孔雀の手が素早く動く。

今し方までそそり立っていた真羅が一瞬で消え失せる。孔雀の手にした小柄で切断されてしまったのだ。真羅をなくした男たちが股間を押さえて呻く。

顔色も変えずに近付くと、

「いい気分で歩いていたのに、邪魔をしやがって」

胸襟をつかんで引き寄せると、喉を切り裂く。男は声を上げることもできずに崩れ落ちる。もう一人の男が逃げようとするが、背後から髷をつかみ、男を仰け反らせて頸動脈《けいどうみゃく》を切断する。

孔雀の足許にふたつの死体が転がる。

二人を暗がりに誘ったとき、孔雀は二人を殺してしまおうと決意した。生かしておくという選択肢はなかった。中途半端に痛めつけて放置するようなことをすると、かえって面倒なことになりかねない。殺してしまう方が後腐れがなくていいのだ。

自分の姿を確認して、かなりの返り血を浴びていることがわかる。

「ちくしょう、こんな姿では、あの猪母真羅に会いに行けないじゃないかよ」

ふーっと溜息をつき、孔雀は「ひばり」に帰ることにする。

十五

「ひとつ齟齬《そご》が生じると、次々とおかしくなってしまうものですな。これでは久保さんも浮かばれますまい」

鎧塚《よろいづか》右京《うきょう》が言う。

「何だと？」

煬帝がじろりと睨む。

「呉服問屋の押し込みをしくじった揚げ句、久保さんまで斬られてしまったではありませんか。それだけではない。久保さんがいなくなってあたふたしている隙に、他の誰かに紀州屋に押し込まれてしまった。本当なら、わたしたちのものになるはずだった金を何者かに奪われたということですよ」

「それは煬帝のせいではあるまい。運が悪かっただけのことではないか」

大村玄鬼斎《おおむらげんきさい》が割って入る。

「お言葉ですが、鎧塚さんの言う通りですよ。運が悪かっただけで済ませてよいことではないと思いますがね」

霧島虎之丞《きりしまとらのじょう》が鎧塚右京の肩を持つ。

鎧塚は無役の小普請だが、三河《みかわ》以来の名家で禄高も八百石と大きく、御徒町《おかちまち》に広い屋敷を構えている。それを利用して中間部屋で賭場を開帳するのを許しているから、無役ではあるが裕福な暮らしをしている。

霧島も無役の小普請という点では同じだが、こちらは同じ旗本でも五十俵二人扶持《ぶち》という薄給である。さして広くもない庭をすべて畑にして家族で野菜を育てている。そうでもしなければ、満足に野菜を食べることもできないからだ。肉や魚は滅多に口にできないし、白米を食べるのは盆と正月くらいで、普段は麦と雑穀《ざっこく》を混ぜたものを主食にしている。親や兄弟がそんな貧窮に喘いでいるにもかかわらず、霧島があまり見苦しい格好もせず、小遣い銭にも困らないのは、時たま賭場の手伝いをしているからだ。要は鎧塚の腰巾着《こしぎんちゃく》なのである。主義主張があって煬帝に与《くみ》しているのではなく、鎧塚に付和雷同しているに過ぎないから、どんな内容であっても常に鎧塚の肩を持つ。

「そう興奮するな。ものは考えようだ。何者かがわれらの先を越して紀州屋を襲ったのなら、その者たちから奪い返せばいいだけのことではないか。どこから奪っても同じ金には違いないのだから」

玄鬼斎が取りなすように言う。

「そう簡単には……」

霧島が言い返そうとするのを、

「待て。大村先生のおっしゃることにも一理ある」

鎧塚が霧島を制する。

「押し込みをするたびに、人殺しに慣れた者たちを何人か雇っているが、案外、あいつらの世界は狭いとわかったじゃないか。探りを入れれば、何かわかるかもしれんぞ。金のためなら女や子供でも平気で手にかけるような人でなしばかりだから、簡単に知り合いを売るだろう」

「そうかもしれませんが……。誰が押し込んだのかわかったとして、それを奪い返しに行くのは誰の役目ですか？」

霧島が訊く。

「おれたちが行くのさ、ねえ、そうでしょう？」

鎧塚が煬帝を見る。

「うむ、そうだな……」

「ふふふっ、どうも煮え切りませんね。この頃、わたしは疑問に思うことがあるのですが、いつになったら『徳川申命記《とくがわしんめいき》』の大義を実現できるのでしょうね？」

「それは……」

「おっしゃりたいことは、わかりますよ。人も足りない、武器も足りない、軍資金も足りない。ないない尽くしで、どうやって挙兵できるのか。そういうことですよね？」

「あと一歩というところまで来ているではないか」

玄鬼斎が言う。

「果たして、そうでしょうか？　むしろ、後退しているのではないですかね。久保さんまで失ってしまったのですから」

「久保のことは残念だが、同志は増えているぞ」

「ええ、一応、百人くらいはいるでしょうが、本気で大義に殉じようという者は三十人くらいではないのですかね。大義のためではなく、金儲けの手段として同志に加わっている者も増えているような気がします。そんな者たちを同志にしていたのでは、いつ大事が露見しないとも限らないでしょう」

「どうしろというのだ？　除名するのか」

煬帝が訊く。

「ははは、生温《なまぬる》いことをおっしゃいますね。もう秘密を知られているのだから、口封じするしかないでしょう」

「七十人の同志を殺すというのか？」

「他に手がありますかね？」

「馬鹿なことを言うな。それでなくても同志は足りないのだ。仲間内で殺し合いなどして、どうするのだ？　それこそ大義の実現が不可能になってしまうではないか」

玄鬼斎が一喝する。

「すぐに殺してしまえという話ではありません。それくらいの覚悟が必要だと言いたいだけです」

「それならいいが……」

「人数が足りないのもそうですが、武器の支度は、どうなのですか？　優れた武器があれば、人数が少なくても、どうにでも戦いようはあると思うのですがね」

鎧塚が訊く。

「刀と槍《やり》、弓矢ならば十分すぎるほどある」

玄鬼斎が言う。

「刀と槍ですか。昨今、剣術や槍術の稽古に真剣に励んでいる旗本や御家人がどれくらいいると思われますか？　でたらめに刀を振り回して自分が怪我をするような者ばかりですぞ。弓矢など尚更《なおさら》駄目でしょう。きちんと弦《つる》を絞るだけの腕力があるのか、矢を正確に的に当てられるのか？　とても無理でしょうな。軟弱な者ばかりですから」

霧島が笑う。

霧島自身は剣術が得意だから、剣術のできない者を嘲笑《あざわら》う余裕がある。

「そもそも、われらに必要なのは刀や槍、弓矢ではないでしょう。鉄砲ですよ。それに大砲だ」

鎧塚が言う。

「大砲を手に入れるのは容易ではない。鉄砲なら何とか買い集めることができるかもしれぬが……」

玄鬼斎の歯切れが悪い。

「ならば、たくさん集めて下さい」

「難しいのは鉄砲を集めることではなく、質のいい火薬を手に入れることなのだ」

「鉄砲も大砲も火薬も、いいものはすべて長崎にある」

黙って話を聞いていた煬帝が口を開く。

「値は張るが、南蛮人から手に入れる手立てがないわけではない」

「なぜ、そうしないのですか？」

霧島が煬帝の顔を見る。

「買い入れたものを江戸に運ぶのが難しいのだ。長崎に置いておいたのでは、どうにもならぬ。もっとも、それも手立てがないわけではない」

「やはり、金ですか？」

鎧塚が訊く。

「そういうことだ」

煬帝がうなずく。

大義だけでは人は動かぬ、武器も手に入らぬ、武器を運ぶこともできぬ、それ故、金がなければ大義を実現することもできぬ、と煬帝は言う。

「ふんっ、話が振り出しに戻ったようですな。大義を実現するには押し込みをしなければならぬ。人を殺さねばならぬ。何としてでも金を手に入れなければならぬ、と」

鎧塚が口許を歪めて皮肉めいた笑いを浮かべる。

「次の押し込みの準備も進めている。同時に、紀州屋を襲った者たちのことも調べてみよう。うまくいけば、その者たちから金を奪い返すこともできる」

煬帝が言うと、

「そううまくいきますかな」

では、これにて、と鎧塚が立ち上がる。

霧島も続く。

煬帝や鎧塚の話を黙って聞いていた者たちも静かに立ち上がって部屋から出て行く。

「あまり気にするな。鎧塚にも悪気があるわけではない。押し込みの失敗や久保の死などで苛立っているのだろう」

玄鬼斎が慰めるように言う。

「承知しております」

煬帝がうなずく。

「ところでな……」

「はい」

「麗門愛之助のことだが、このままにしておくことはできまい」

「押し込みの邪魔をしたのは麗門愛之助だと久保が死ぬ前に聞かされた。鎧塚や霧島が知ったら、黙ってはおるまい」

「……」

「久保を斬ったのも麗門ではないのか？　そう考えると、話がわかりやすい」

「どう、わかりやすいのですか？」

「何者かがわしらの大義の実現を阻止しようとしているということだよ」

「なぜ、そんな回りくどいことをするのですか？　わたしたちが何をしようとしているかわかっているのなら、捕り方に命じて、わたしたちを捕縛させればよいではないですか」

「子供のようなことを言うな。そんなことができるものか。われらの大義とは、第二の関ヶ原を起こし、腐り果てた幕府の役人どもと、その役人どもと結託して暴利を貪っている悪徳商人どもを成敗することだ。われらの同志は旗本と御家人だけで、諸藩の者は一人もおらぬ。傍から見れば、兄弟喧嘩のようなものであろう。それ故、幕府がわれらを武力で討伐しようとすれば、諸藩に笑われるだけなのだ。それ故、世間に知られることなく、われらを消してしまいたいのが幕閣の上層部の本音であろうよ」

「それで愛之助を？」

「麗門家の次男とはいえ、何の役にも就いていない部屋住みに過ぎぬ。愛之助が何かしでかしても、幕府は知らん顔ができる。刺客には打って付けの男なのだ」

「愛之助を殺しても、また次の愛之助が現れるだけですよ」

「そうだとしても、一人ずつ刺客を消していくしかあるまい」

「……」

「今後も愛之助がわしらの邪魔をするようであれば、もはや容赦することはできぬぞ。よいか？」

「承知しました」

煬帝がうなずくと、玄鬼斎も部屋から出て行く。

部屋には煬帝一人が残される。

油が切れかかっているのか、行燈《あんどん》の火がちろちろと大きくなったり小さくなったりする。

その炎を見つめながら、

（愛之助、なぜ、余計なことをする？）

煬帝の表情が歪む。

深い溜息をついたとき、

「失礼します」

廊下から声がかかる。

「三田村《みたむら》さんですか。どうかしましたか？」

三田村俊輔《しゅんすけ》は最も古くからの同志の一人で、愛之助に斬られた久保道之助の親友でもある。寡黙で真面目な男である。煬帝も絶大な信頼を寄せている。

どちらかと言えば学究肌の男で、剣術も得意ではないので押し込みには参加したことがない。

「ぜひ、仲間に加えたい者がいるのです」

「仲間に？　信用できる者なのですか」

「子供の頃から知っているし、学問もできるし、剣術もうまい。家柄もいい」

「そんな男が、なぜ……？」

なぜ、今の幕府に不満を抱くのか、と煬帝が訊く。

「部屋住みなのです。養子に行くこともできず、仕官もかなわぬ。飼い殺しの身の上なんですよ。なまじ才があるだけに、世の中に対して強い憤りを感じているのです」

「自分が出世できないから、腹立ち紛れにわたしたちの仲間になるというのですか。それでは、鎧塚さんが言った通りじゃないですか」

「それは違います。金目当てで仲間になりたいわけではないのですから」

「どっちもどっちという気がしますが」

「会うだけ会ってみてもらえないだろうか」

「三田村さんがそれだけ強く推すのであれば会わないわけにはいきますまい」

「実際に会って話をすれば、われらの大義を実現させるために、きっと役に立つ男だとわかるはずですよ」

「何という男ですか？」

「唐沢潤一郎といいます」

十六

「先生、お客さまです」

「……」

愛之助はいびきをかいて眠りこけている。

「先生」

幹太が愛之助の肩に手をかけて揺さぶる。

「お客さまですよ」

「ああ……」

愛之助が薄く目を開ける。

「もう朝なのか」

「ええ、朝です」

「こんな早くから客だと……。誰だ？」

「ええ、そちらに……」

幹太が振り返ると、廊下からすももが部屋を覗いている。仲町の妓楼・桔梗屋の女童だ。

「何だ、おまえか。何の用だ」

「美吉野姉さんのお使いです」

「美吉野の？」

愛之助が体を起こす。驚いて、はっきり目が覚めたらしい。

すももが部屋に入るのと入れ替わりに、幹太が出て行く。

「文《ふみ》です」

どうぞ、と和紙を巻いたものを差し出す。

「ふむ」

受け取って、開いてみる。

こう書いてある。

つれもなき　人をやねたく　しらつゆの
おくとはなげき　ぬとはしのばむ
みよし野

「ほう、和歌か……」

それだけである。

他には何も書いていない。

「何か言っていたか?」

「いいえ」

すもが首を振る。

「ふうむ……」

愛之助が腕組みして首を捻る。和歌だということはわかるが、意味がわからない。

物心ついてから、人並みに学問は修めたが、四書五経などの漢籍が中心で和書は学ばなかった。『平家物語』や『太平記』『義経記』などの軍記物は読んだが、学問のためというより、単に面白いから読んだだけである。歌物語や歌集は読んでいない。『源氏物語』すら読んでいないような人間が和歌など理解できるはずがない。

「一人で来たのか?」

「いいえ、外で男衆が待っています」

「そうか。気をつけて帰れ」

ほら、と銀の小粒を投げてやる。

器用に受け取ると、ありがとうございます、と嬉しそうに笑う。

すもが出て行くと、愛之助はまた布団にひっくり返る。その姿勢で手紙を読み返すが、やはり、意味不明である。

「先生」

幹太である。

「何だ？」

「お客さまです」

「朝っぱらから次々に客が来るな。今度は誰だ？」

「御子神検校さまのお使いだそうですが」

「検校か……」

渋い顔になる。

十七

（おれも駄目な男だ……）

何だかんだと検校を悪く言いながら、仕事を頼まれると、のこのこ出かけてしまう。もう二度と引き受けまい、あの屋敷には行くまいと心に決めるのに、そんな決心はあっさり翻ってしまうのだ。

紀州屋の取り立ては不愉快だった。

愛之助が北町奉行の弟だということを利用して、検校は相手を脅したのだ。

しかも、紀州屋が押し込みに遭ってしまったので約束の金も全額はもらえなかった。六両もらえるはずが二分に値切られた。

そのとき検校とは絶縁しようと決めたのに、こうしてまた呼び出しに応じている。

(背に腹は代えられぬ)

そう自分に言い聞かせる。

素寒貧なのだ。

稼がなければ、井筒屋の部屋代も酒代も払うことができない。このままでは、愛之助を追い出したがっている宗右衛門に、追い出す口実を与えてしまう。

「仕方がないのだ」

そうつぶやき、小さく溜息をつくと検校の屋敷に入っていく。

「ふふふっ、来たな」

「そちらがお呼びになったのでしょう」

「金がほしいか?」

検校がずばりと訊く。

「……」

愛之助がムッとする。検校の物言いには品というものがない、と腹が立つ。

「怒るな。正直に言えばいいのだ。わしは金がほしい。金が大好きなのでな。紀州屋から取り立て損なった四百八十二両が惜しくてならぬ。いや、一日分の利息がつくから、四百八十五両だな。わしは悔しくて悔しくて、夜も眠れないほどなのだ」

「ああ、そうですか」

腹の中で笑う。ざまあみろ、と舌を出す。

「それ故、取り返すことにした」

「え」

「四百八十五両を取り返すのだ」

「しかし、紀州屋は……」

「紀州屋から取り返すのではない。紀州屋から取り立て損なったのと同じだけの金を他から取り立てるのだ」

「なるほど」

さして興味もなさそうに愛之助がうなずく。自分には関係ないことだという顔をしている。

「五両出そう」

「え」

愛之助が驚く。紀州屋の取り立てのときと同じ手間賃である。疑い深そうな顔になり、

「また兄の威光を利用するおつもりですか？」

「ふんっ、執念深いな。まだ根に持っているのか。心配するな。そうではない。今度は、おまえの剣の腕が必要なのだ」

「本当に用心棒として雇いたいということですか？」

「そうだ」

「ということは……」

愛之助がじっと検校を見つめる。

検校は盲目だから愛之助の姿は見えないはずだが、何らかの気配を察するのか、愛之助の視線を受け止めるかのように顔を向ける。

「よほど難しい取り立てなのでしょうな」

「なぜだ？」

「簡単な取り立てに五両も出すほど気前のよい御方だとも思えませんので」

「ふんっ、憎らしいことを言いおって」

「どういう取り立てなのですか？」

「ごく普通の取り立てだ。なかなか相手が払わんというだけでな」

「返済の期日は？」

「半年ほど前になるらしい」

「らしい？」

「わしが貸した相手ではないのでな」

「……」

なるほど、そういうことか、と愛之助は察する。

検校に雇われて取り立ての用心棒を引き受けるようになったせいで、金融業についても自然と知識が増えてきた。

盲人社会の頂点にいるのは検校で、底辺にいるのは座頭である。座頭の生業は按摩だが、副業として金を貸すことを許されている。この金を座頭金という。按摩の片手間に貸すような座頭金は金額も小さいが、検校ともなると、貸し付けの金額は桁が違ってくる。

盲人が他人に金を貸すことの最大の旨味《うまみ》は、幕府が座頭金を保護してくれることである。盲人に金を借りた者が返済を拒めば、幕府の役人に捕縛されてしまう。幕府が取り立てに力を貸してくれるから、座頭金には貸し倒れがない。

それほど手厚く保護されるのは座頭金だけで、一般の金融業者は、そうはいかない。貸し倒れも珍しくない。だから、金利が高いのである。

取り立ての難しい借り入れ証文は安く売買される。

例えば、五百両の借り入れ証文を二百両で転売したりするわけである。取り立てが成功すれば三百両の大儲けになるものの、失敗すれば二百両の損になる。取り立ての難しさによって転売価格が決まってくる仕組みだ。

「いくら取り立てるのですか？」

「六百両だ」

「その証文をいくらでお買い求めになりましたか？」

「そんなことを知って、どうする？」

「知りたいのです」

「ふんっ、百二十両だったかな」

「それは安い。安すぎるでしょう。つまり、それだけ取り立てが難しいということではありませんか」

「まあ、そうだな」

検校が莨を喫み始める。苛立ってきたらしい。

「百二十両で買い取った証文で六百両を取り立てるとは……。そんな、うまい話があるのですか」

「だから、取り立てがうまくいけば、という話だ」

「当然ながら、元々の貸主が取り立てにしくじって、その証文を誰かに譲った。しかし、その誰かも取り立てることができず、証文が転々とする間にどんどん値段が下がった。そういうことでしょう」

「だとしたら、どうなのだ？」

「いったい、どういう相手から取り立てるおつもりなのですか？」

「まだ知る必要はない」

「危ない相手ではないのですか？」

「真っ当な者たちではないだろう」

「こちらの命が危なくなるような相手という意味でしょうか？」

「ううむ、そんなことにはならぬと思うが……」

検校の歯切れが悪い。明確に否定できないのは、つまり、愛之助の命が危険にさらされる可能性があるということであろう。それくらい物騒な相手からの取り立てだということだ。

「ふたつお願いがございます」

「お願いだと？　何を生意気な……」

「ならば、お断りします」

愛之助が腰を上げようとする。

「そう急ぐな。言ってみよ」

「ひとつ、手間賃を六両にしていただき、三両を前渡ししていただきます」

「何を言うか」

検校がカッとして声を荒らげる。

「命に関わるというのなら、それくらいもらわなくては割に合いませぬ」

「強欲な奴め。よかろう。もうひとつは？」

「天河も雇って下さい」

「あいつも？」

「わたしの命が危ないほどならば、とても一人で検校さまを守る自信がありませぬ。仁王丸がいるから大丈夫と思われるのなら、それでも構いませぬが」

「まさか天河も六両とは言うまいな？」

「同じ仕事をするのですから、同じ手間賃にしていただきます」

「あいつに六両も……」

検校が顔を顰めて黙り込む。

しばらくして、

「わかった。おまえの申し出を承知しよう。その代わり、何としてでも取り立てを成功させてもらうぞ」

自分と鯖之介の分の前金、合わせて六両を受け取って、愛之助は検校の前を辞する。

心なしか足取りが軽い。

厄介な仕事を引き受けてしまったという後悔もないではないが、それ以上に、久し振りに小判が懐にあるという喜びの方が大きい。

「愛さま」

納戸の前で香澄が待ち伏せている。

「何か用か？」

「意地悪」

香澄は愛之助に抱きつくと、強引に唇を押しつける。

「馬鹿め。誰かに見られるぞ」

「構いやしないわ。誰にでも見せてやるんだから」

「落ち着けよ」

「それなら抱いてよ」

ぐいぐい体を押しつける。

「……」

香澄を押し返そうとして、思いがけず猪母真羅が大きくなっていることに気が付く。懐に小判があるので気分がいいせいかもしれないと思う。

「来い」

香澄を納戸に引っ張り込む。

戸を閉めようとして、廊下の向こうから仁王丸が凝視していることに気が付く。

「あいつ、また見てやがる」

「そういう奴だから」

「見せてやるか」

戸を開けたままにし、香澄を壁に向けて手をつかせる。裾をめくり上げると、白い尻がむき出しになる。左手で猪母真羅を取り出しながら、右手で花弁に触れると、太股に愛液が滴るほど濡れている。

両手を香澄の腰に添えて、ゆっくり猪母真羅を挿入する。

「あ」

「声を出すな」

香澄に手拭いを噛ませる。

腰を動かすと、ひーっと押し殺した悶《もだ》え声《ごえ》が洩れる。

横目で仁王丸を見ると、瞬きもせず、屹立した一物を必死にしごいている。

十八

検校の屋敷を出た愛之助は番町の実家に向かう。

定期的に顔を出すように兄の雅之進に命じられているし、今日は嫂の吉久美に教えてもらいたいこともある。

屋敷に行くと、父の玉堂が茶を飲みながら、一人で碁を打っている。その傍らで進吾《しんご》が吉久美に遊んでもらっている。

「父上、こんな時間に屋敷におられるとは、お珍しい」

「ふんっ、皮肉を言うんじゃねえよ」

「本音ですが」

「吉久美、愛之助にも茶だ。酒の方がいいか?」

「茶で結構ですが、嫂上に頼まなくても山尾が持ってきてくれますよ」

「それなら茶菓子だ。進吾にも何か持ってきてやれ」

「……」

茶と茶菓子を言いつけることで吉久美を遠ざけたいのだな、何か話があるらしいが吉久美には聞かれたくないらしい、と愛之助は察する。

吉久美が廊下に出て行くと、

「実は、さっき帰ってきたんだ」

「何だ、朝帰りですか」

普段、朝っぱらから遊びに出かける玉堂が屋敷にいるのはおかしいと思ったが、何のことはない、ゆうべ、どこかに泊まったのだ。

「いい妓を見付けたんだ。今夜、付き合え。おまえにも誰かいい妓をあてがってやる」

玉堂は上機嫌である。

「どこの妓ですか？」

喉が渇いたので、玉堂の茶を勝手に飲む。

「深川よ」

「岡場所ですか。父上にしては珍しいですね」

昔から玉堂は吉原が好きなのだ。何事も一流を好み、岡場所など、吉原に比べたら、はるかに格下だと馬鹿にしていたはずである。

「この頃は岡場所も捨てたものじゃないのさ。評判記にも岡場所の妓がよく出てるぜ」

「はあ……」

吉原や岡場所の妓たちの特徴や評判を冊子にしたものが売られているが、玉堂はそれを愛読しているらしい。

「仲町の桔梗屋って見世さ」

「え」

　思わず茶を吹き出してしまう。

「汚ねえなあ。子供かよ」

　ちっ、と舌打ちして懐から手拭いを取り出す。碁盤の上に茶が飛び散ったのだ。

「父上……」

　まさかとは思うものの、念のために玉堂が夢中になっている妓の名前を訊く。

「美吉野っていうんだ。涎《よだれ》が垂れるくらいにいい妓だぜ」

　ひひひっ、と好色そうに笑う。

（何ということだ）

　愛之助は笑う気にもならない。

　吉久美が茶と茶菓子を運んでくる。

　しばらくすると、

「少し寝るかな。何だか疲れた」

　欠伸《あくび》をしながら、玉堂が奥に引っ込む。

「あの歳《とし》で朝帰りとは元気なことだ。よくあるんですか？」

「まあ、いろいろ……」

にこりと笑って言葉を濁す。

「あ、そうだ。嫂上に教えていただきたいことがあるのです」

「わたしに？」

「これを見ていただけますか」

懐から和紙を取り出す。美吉野からの手紙である。

それを吉久美に差し出す。

「……」

手紙を開くと、吉久美は視線を落とし、口の中で和歌をつぶやく。

つれもなき　人をやねたく　しらつゆの
　おくとはなげき　ぬとはしのばむ
　　　　　　　　　　　みよし野

つぶやきを何度か繰り返してから顔を上げ、

「このみよし野という御方は……」

「秘密にしてもらえませんか。他言無用、二人だけの秘密ということでお願いします」

「そうですか」

「で？」

「これは『古今和歌集』にある和歌ですね」

「はあ、なるほど」

そう言われても、愛之助にはピンとこない。読んだこともない。

「恋の歌ですよ。片思いの苦しさを詠んだ歌です……」

わたしの恋い慕う気持ちに少しも応えてくれないつれない人を、悔しくてたまらないけれど、目が覚めると悲しくて嘆き、眠っているときは懐かしく思い出してしまう……吉久美が意味を説明してくれる。

「ほう……」

愛之助が感心する。和歌の内容にではなく、吉久美の博識に感心した。

「愛之助殿は女の人に人気があるのですね。いったい、どこの誰を泣かせているのだか……」

血は争えぬものですね、と吉久美はちくりと嫌みを言う。

「……」

愛之助は返す言葉がない。

十九

屋敷を出ると、愛之助は腕組みして、首を捻りながら歩く。

(いい妓には違いないが……)

なるほど、美吉野はいい女である。誰が見ても、そう言うだろう。均整の取れた美しい顔をしているし、鈴風によれば、性格も温和で優しく、誰に対しても思い遣り深いという。

そういう妓であれば、遊び慣れた年配の客が夢中になっても不思議はないと思う。

御子神検校しかり、玉堂しかり。

(あの男もそうだったな)

検校と悶着を起こし、そのせいで愛之助が斬り合いまでする羽目になった雨海藩の江戸留守居役も初老の男だった、と思い出す。検校と美吉野を奪い合った揚げ句、すべてを失って本国に送還されたのである。

どうやら美吉野には年配の男たちを虜《とりこ》にする魅力があるらしい、と納得する。

いや、愛之助とて、検校の想い人でなければ、誘われれば喜んで飛びつくだろうから、老若問わず、男なら誰でも夢中になって不思議はないのだ。

とは言え、高い手間賃で愛之助を雇ってくれる検校や父親と張り合って美吉野に言い寄る気持ちにはならない。別に女には不自由していないのだ。

ある意味、一人の女に夢中になることのできる検校や玉堂を羨ましく思う。誰かを一途《いちず》に恋い慕って胸を焦がすなどという経験は、愛之助にはない。

次から次へと女たちが群がってくるので、一人の女のことばかり考えている暇などないのである。

そのまま伊勢町の井筒屋に帰るつもりだったが、懐に小判があることを思い出し、鯖之介に用心棒の話をしなければと考え、陵陽館に行くことにする。

二十

道場には鯖之介一人しかいない。熱心に型取りの稽古をしている。

「おまえ一人なのか？」

「見ての通りだ」

手拭いで顔の汗を拭いながら、うなずく。

「話がある。少しいいか？」

「ああ、構わんさ。何かあったのか？」

「仕事がある」

「どんな仕事だ？」

「検校の用心棒だ」

「岡場所への付き添いか？」

「いや、金の取り立てだ。相手は、かなり物騒な連中らしい。おれ一人では検校を守り切れるかどうかわからないから、おまえも雇うように頼んだ」

「相手は誰だ？」

「まだ教えてもらっていない」

「斬り合いになるかもしれぬ、ということか？」

「こっちから先に剣を抜くつもりはないが、相手が抜いたら、どうなるかわからぬ」

「何だか怖そうな話だな」

鯖之介は気乗りしない様子である。

「おれも、あまり気が進まないが、背に腹は代えられんのでな。無理にとは言わないよ」

「手間賃は？」

「六両だ」

「え」

鯖之介の目の色が変わる。

「たった一度の取り立てで六両ももらえるのか？」

「あの吝《しわ》い検校が承知したのだから、よほど危ない仕事だということだろう。後から値切られるのは嫌だから、前金として三両もらうことにした」

「前金までもらえるのか……」

「引き受けてもらえると思って、三両持ってきた。もちろん、断っても構わないし、そのときは検校に返せばいいだけのことだし……」

「やる。やらせてくれ。三両もらえれば、母がどれほど喜ぶことか」

「そうか」

愛之助が財布から小判を三枚取り出して、鯖之介に渡す。

「ありがたい」

両手で受け取り、頭《こうべ》を垂れる。

「そんなに喜んでもらえて、おれも嬉しい……」

明日の朝、検校の屋敷で待ち合わせることを決め、愛之助は陵陽館を後にする。

二十一

「兄上」

出かけようとする潤一郎に佳穂が声をかける。

「ん？　何か用か？」

潤一郎が肩越しに振り返る。呼び止められたことを喜んでいないようだ。

「ゆうべもお帰りが遅かったようですね。今日も朝からどこかにお出かけになる。誰とも顔を合わせないように、そそくさと」

「何が言いたいのだ？」

「兄上を心配しているのです。何をなさっているのですか」

「おまえには関わりのないことだ」

「そんなことはないでしょう。妹が兄を心配して何が悪いのですか？」

「おれのことなんか放っておいて、好きな剣術修行に励むがいい」

「親不孝だとは思わないのですか？」

「おいおい、馬鹿なことを言うなよ。おれは部屋住みの厄介だから、父上も母上もおれが何をしようが気にしないさ。ただの邪魔者なんだから。おれなんかのことより、おまえのことをずっと心配しているはずだよ。年頃の娘が、しかも、大身の旗本家の姫君が男勝りに剣術修行に夢中なんだからな」

「話をすり替えないで下さい。兄上の話をしているのです」

「だから、余計なお世話だと言っている」

佳穂を睨んで舌打ちすると、潤一郎が足早に屋敷から出て行く。

（余計なお世話か……）

そうかもしれない、と自分でも思う。

兄妹とはいえ、潤一郎の言うように、お互いの立場がまったく違うのだ。佳穂が男であれば、潤一郎の心の痛みをもっと理解し、苦しみを分かち合うことができるのかもしれないが、今の佳穂には潤一郎が何を考え、何に苦しんでいるのかよくわからない。

もちろん、部屋住みの苦労は頭では理解できる。剣術でも学問でも人並み以上の才を備えていながら、将来の展望をまったく持つことができず、いたずらに時間を無駄にしていると嘆きたい気持ちはわからないでもない。

だが、それは潤一郎だけの悩みではない。

現に愛之助がそうではないか。

潤一郎と同じ境遇にありながら、しかし、潤一郎のように溜息ばかりついているわけではない。むしろ、部屋住みという立場をうまく利用して自由気儘に暮らしている。己の才を生かして立身出世したいと欲をかくから、その欲に縛られてもがき苦しむことになるのではなかろうか。一度、欲を捨て、自分の好きなことだけに向き合ってみれば、新たな道を進んでいくこともできるのではないのか……そう思うものの、今の潤一郎は聞く耳を持たないであろう。

（人それぞれなのだ）

屋敷を出て、うつむき加減に歩きながら、そんなことを考える。

今日は頭巾で顔を隠している。

花房町《はなぶさちょう》の道場に行くときは、下男や腰元を供に連れて外出する。さすがに唐沢家の姫さまの一人歩きは両親が許さないからだ。道場に着くと彼らを帰してしまい、佳穂が屋敷に帰るときは駕籠に乗ることが多い。先達て一人歩きして帰宅したのは例外である。

しかし、下男や腰元を静香の実家に連れて行くわけにはいかない。彼らは佳穂の行状を見張るという役目も担っているから、佳穂がどこに出かけたか、必ずや両親に知らせるからだ。日本橋の呉服問屋に出かけたと知れば、なぜ、出入りの業者がいるのに、わざわざそんなところに出かけたのかと詮索されるに決まっている。嘘をつくのも言い訳するのも嫌なので、今日は一人で屋敷を出た。

きちんとした身なりの若い女が武家地を一人歩きするのは目立つから頭巾をしている。一人歩きの姫さまはいないが、一人歩きの腰元や下女ならばいないわけではない。そこそこ身分のある女は他人に素顔を晒すことを嫌うから、頭巾をして歩くことは、そう珍しくない。

武家地を出たら、どこかで駕籠に乗るつもりだったが、疲れも感じないし、駕籠に乗るのはあまり好きではないので、そのまま歩くことにする。

日本橋界隈《かいわい》は人通りが多い。

（ふうん、いろいろなお店があるのね）

興味深そうに周囲を眺めながら、佳穂がゆっくり歩く。お洒落《しゃれ》には何の関心もないから、着物にしても簪《かんざし》などの装身具にしても母が選んだものを文句も言わずに使っている。こだわりがあるのは剣術稽古に必要な道具だけだ。それ故、若い娘たちに人気のありそうな商家は素通りするだけだが、武具を取り扱っている商家の前では足を止めて、中の様子を窺ったりする。

梅川屋《うめかわや》というのが静香の実家である。

大店というほどではないが、堅実な老舗《しにせ》という感じの落ち着いた店構えで、実直そうな奉公人たちがきびきびと小気味よく立ち働いている。

店先で名乗ると、すぐに奥に通された。

静香の両親、父の梅川四郎右衛門《しろうえもん》と母の綾美《あやみ》、それに静香が佳穂と座敷で対面する。四郎右衛門は四十代半ばくらい、綾美は四十前後という年格好である。

「お一人でいらしたのですか？」

「はい」

佳穂がうなずくと、四郎右衛門と綾美がちらりと視線を交わす。驚いたようだ。

しかし、それを口にはしない。

大身の旗本の姫君が一人歩きするのは普通ではないが、そもそも、姫君が刀を振り回して人を斬るというのも普通ではない。

（変わった姫さまのようだな）

と内心、首を捻っているのであろう。

「先日は娘が大変お世話になりました。娘から事情を聞き、たまたま佳穂さまがそこを通りかかっていなかったらと思うと背筋が寒くなります。本当にありがとうございました。このご恩は、われら三人、一生忘れませぬ」

四郎右衛門が深々と頭を下げる。

綾美と静香もそれに倣う。

「わたしなど大したことはしておりませぬ。静香さまが無事で何よりでした」

佳穂が微笑む。

「大変不躾《ぶしつけ》かとは存じますが……」

四郎右衛門が三方を差し出す。上に布をかけてある。

「何でしょう？」

佳穂が布を手に取る。三方には小判の切り餅がふたつ並んでいる。切り餅ひとつには小判二十五枚が包まれているから、ふたつで五十両だ。

「これは、どういう意味ですか？」

佳穂が怪訝な顔になる。

「わたしどものお礼の気持ちと思っていただければ……」

「お金を受け取るわけには参りません」

佳穂がぴしゃりと言う。

「しかし……」

「下げていただきとうございます」

佳穂が三方を押し遣る。

「失礼しました。佳穂さまはお金など受け取るはずがないと言ったのですが、父がどうしてもと言うものですから……。どうか、お許し下さいませ」

畳に指をついて、静香が詫《わ》びる。

「ご無礼いたしました。申し訳ございませぬ」

四郎右衛門も頭を下げる。

「しかしながら、わたくしどもの感謝の気持ちとして、何かお礼をさせていただきたいのです。どんなことでも構いません。何かないでしょうか?」

「どんなことでも……」

佳穂が小首を傾《かし》げる。静香を助けたからといって謝礼をもらう気など毛頭ないし、それ以外にもほしいものなど何もない。ほしいものはないが……ふと、何かを思いつく。

「はい。どんなことでも」

「ひとつあります」

「おっしゃって下さいませ」

「男の姿をして、刀を差してみたいのです」

「は？」

四郎右衛門がきょとんとする。

綾美も困惑顔だ。

静香だけが、変わらぬ表情で、じっと佳穂を見つめている。

「男の姿に……」

「上等なものは必要ありません。地味な古着でいいのです。刀も無銘の安物で構いません」

「佳穂さま、なぜ、そういうものがほしいのか教えていただけますか？」

静香が訊く。

「江戸の町には旗本奴や塗下駄組《ぬりげたぐみ》という者たちがいて、悪いことばかりしているそうです。静香さまに悪さをしたのも、そういう者たちかもしれませぬ。きっと多くの人たちが迷惑しているでしょう。町を歩いて、誰か困っている人がいないか自分の目で確かめたいのですが、女の形《なり》では、そうもいきませんし、刀を持ち歩くこともできません。この前は、女の形でしたし、刀も持っていなかったので、危うく相手にやられるところでした。そういうことがないようにしたいのです」

「……」

四郎右衛門と綾美が答えに窮している。佳穂の申し出があまりにも突拍子がないので、どう答えていいのかわからないのだ。

「お父さま、お母さま、佳穂さまがいなければ、静香は、ここにはおりませぬ。いいえ、この世におりませぬ。不埒《ふらち》な者たちに辱めを受けて生き長らえるような娘ではないのです。そのことを、よくお考えになって下さいませ」

静香が言う。

「う、うむ、そうだな。おまえの言う通りだ。それが佳穂さまの望みならば、そうして差し上げよう。静香の命の恩人なのだから」

なあ、と四郎右衛門が綾美を見る。

「そう思います」

綾美もうなずく。

「坂本町《さかもとちょう》の楓川沿《かえでかわぞ》いに当家の寮がございます。普段は年寄り二人がいるだけです。人目に付かない場所ですから、そこに必要なものを用意いたしましょう。それ以外にも何なりとお申し付け下さいませ」

「ありがとうございます。では、もうひとつだけお願いいたします。わたしが斬った二人について、どういう人たちなのか調べてほしいのです。お願いできますか？」

「やってみましょう」

緊張した面持ちで四郎右衛門がうなずく。


帰路。

佳穂が興奮気味に歩いている。

幼い頃から男勝りで、両親が止めるのも聞かず剣術稽古に精を出した。何のためにそんなことをするのか自分でもわからなかった。好きだからやっていただけである。

今にして、剣術稽古に励んできた理由がわかる。

世の中の役に立てるためだ。

現に静香を助けたではないか。

あの日、あの場所に佳穂がいなければ、静香は手込めにされ、祝言も挙げられなかったはずだ。人生が滅茶苦茶になり、絶望して自害したかもしれない。

いや、きっと、そうなっていたであろう。

静香自身がそう言ったではないか。

だからこそ、両親は佳穂に深く感謝したのであろうし、佳穂の奇妙な頼みも快く引き受けてくれた。

（わたしの剣術で誰かを助けることができるのだ）

自分に大したことができると考えるほど自惚《うぬぼ》れてはいないが、それでも一人や二人を救う力はあるのだ、それで十分だ、何もしないよりはずっとましだ、と自分に言い聞かせる。

佳穂の足取りは軽い。興奮で顔が火照っている。頭巾をしているせいで尚更、顔が熱い。

第三部　善太夫

一

翌朝。御子神検校の屋敷。

愛之助と鯖之介は待ち合わせて一緒にやって来た。

「天河、今日は頼むぞ」

検校が声をかける。

「お任せ下さいませ。昨日、麗門から前金の三両をいただきました。ありがとうございます」

「うむ」

「ひとつ伺いたいのですが……」

「何だ？」

「この取り立てが済めば、残りの三両をいただけるのでしょうか？」

「そうだ。但し、取り立てがうまくいったら、という話だぞ」

「それは困ります。残りの三両は、取り立てに出かける前にいただきたい」

愛之助が口を挟む。

「取り立てがうまくいくかどうかもわからないのに、なぜ、金を渡さねばならぬのだ。おかしなことを言うな」

検校が嫌な顔をする。

「これは危ない仕事だとおっしゃったでしょう。死ぬかもしれない。死んでしまっては、残りの金をもらうこともできない。だから、今、いただきたいのです」

「愛之助、図に乗るな」

「……」

愛之助ではなく、鯖之介の顔色が変わる。

そわそわと落ち着きがなくなり、そっと愛之助の袖を引く。そのあたりでやめておけ、と言いたいのであろう。

だが、愛之助にその気はなさそうだ。

「どうしても、いただきたいのです」

「前金を渡したではないか」

「何なら、お返しします。わずか三両のために死んだのでは割に合いませぬから」

「……」

検校が黙り込む。

しばらくして、

「よかろう。残りの三両を渡す」

愛之助と鯖之介に三両ずつ渡すように仁王丸に命ずる。

「おまえたち二人に六両ずつ渡したのだから、それだけの働きをしてもらうぞ。大金なのだからな」

おい、駕籠を呼んでこい、すぐに出かけるぞ、わしは着替える、と仁王丸に怒鳴る。かなり機嫌が悪そうだ。

仁王丸と検校が座敷から出て行く。

後には愛之助と鯖之介が残る。

「おい、やりすぎではないのか」

鯖之介は心配そうな顔である。

「いらないのなら、おれがもらってもいいんだぞ」

「そうは言わん。金はほしい」

「岡場所でいい妓を抱けるぞ」

「本当か」

鯖之介の目が輝く。

「ああ、本当だ。但し、取り立てから無事に戻ることができれば、という話だがな」

愛之助が表情を引き締める。

二

米沢町の屋敷を出て、広小路を通って柳橋を渡る。

そのまま道なりに進む。右手に浅草御蔵《おくら》、その向こうに大川が見える。黒船町《くろふねちょう》、諏訪《すわ》町《ちょう》と通り過ぎていくと、もう浅草だ。前方に浅草寺が見えてくる。

左手に五重塔や本堂を眺めつつ、大川沿いに進んでいく。人家もまばらになり、人通りも減る。一面に田畑や野原が広がり始める。

「随分遠くに来るのだな。どこまで行くのかな？」

鯖之介が首を捻る。

「わからぬ」

愛之助も行き先を知らされていないのだ。

検校の乗る駕籠の後ろを二人は歩いている。のんびり歩いていると、すぐに駕籠に離されてしまうから時折、小走りになる。結構疲れる。

仁王丸は駕籠のすぐ横にいるから、ずっと駕籠かきと同じ速さで走っている。

忽然《こつぜん》と集落が出現する。

それまで通り過ぎて来た町々とはまるで違っている。長屋や一戸建てではなく、ちっぽけな掘っ立て小屋が点在しているのだ。ざっと見渡して、二百か三百くらいの小屋がありそうである。その周辺には貧しげな身なりの老若男女がたくさんいる。

「おい」

鯖之介が愛之助に話しかける。

「これは、まずいのではないか？」

「うむ」

愛之助も同じことを考えている。覚悟はしていたものの、予想を上回るほどまずい相手から借金を取り立てることになりそうだという嫌な予感がする。

掘っ立て小屋の方から男たちが駕籠に近付いてきて、駕籠の行く手を塞ぐ。

男たちの中から背の高い中年男が前に出てくる。頭を丸め、墨染《すみぞ》めの衣を着ている。顔には青々とした髭《ひげ》の剃《そ》り跡《あと》が残っている。刀傷のような古傷もいくつかある。身なりは沙《しゃ》門《もん》だが、それにしては人相が凶悪である。

「何の用だ？」

「おまえは何者だ？」

　駕籠の中から検校が声を張り上げる。

「わしは法海坊《ほうかいぼう》だ。そっちは？」

「ふんっ、法海坊といえば、善太夫《ぜんだゆう》の一の子分だな。わしは御子神検校じゃ。善太夫に取り次げ。金を返してもらいに来た、とな」

「殿下《でんか》を呼び捨てにするとはけしからぬ。殿下と呼ばぬか」

「呼び方など、どうでもいい。金さえ返してもらえば、すぐに立ち去る。二度と会うこともあるまい」

　検校が駕籠から下りてくる。

「ここに証文がある」

「見せろ」

　法海坊が証文を手に取って目を通す。

「ふうむ、里崎屋《さとざきや》の証文か。口先だけの腑《ふ》抜《ぬ》け腰抜け野郎だ。信用ならん詐欺師よ。自分で取り立てができないから、証文を手放して、証文が一人歩きしているわけだな。確かに、これまでも何人か取り立てに来たような気がするが、すぐに逃げ帰ったから、よく覚えていない。本気でこの金を取り立てようというのか？　悪いことは言わぬ。おとなしく、ここから引き返せ。それが身のためだぞ」

「そうはいくか。何としてでも金を返してもらう。善太夫に取り次げ」

検校が怒鳴る。

「ふふっ、元気な検校だな。検校の威光は、ここでは通用せぬぞ。どうしてもというのなら案内してやろう。地獄の門を潜ることになるかもしれぬがのう」

証文を検校に返すと、こっちだ、と法海坊が踵を返して歩き出す。

検校はまた駕籠に乗ると、

「行け」

と駕籠かきを促す。

二人の駕籠かきは血の気の引いた真っ青な顔をしている。

三

掘っ立て小屋が密集して建ち並ぶ中に、ぽっかりと広場がある。

「ここで待て」

そう指示すると、法海坊がどこかに行く。

あちらこちらから貧しげな男や女、年寄りや子供が集まってきて、人だかりができる。

愛之助たちに好奇に満ちた目を向けるが、好意的な眼差しではない。憎々しげな視線である。

法海坊が戻ってくる。背後に、痩せて貧相な小男がついてくる。子供ほどの背丈しかなく、猿のようにしわくちゃの顔をしている。

「おい」

法海坊が声をかけると、手下の一人が床几《しょうぎ》を用意する。

「殿下、どうぞ」

「うむ」

なるほど、この猿のような小男が善太夫なのであろう。年齢は五十前後というところ。

善太夫が床几に腰を下ろすと、その左右に手下どもが立ち並ぶ。

「殿下のおなりである。用のある者は出てこい」

法海坊が大きな声を出すと、検校が駕籠から姿を現す。

駕籠かきが引き揚げようとする。

「ここで待て」

仁王丸が止める。

「冗談じゃねえや」

「こんなところにいられるもんか」

駕籠を担いで逃げ出してしまう。その慌てた様子を見て、野次馬から笑いが起こる。

「おまえは何者だ？」

善太夫が訊く。

「御子神検校さまだ」

仁王丸が答える。

「ほう、悪名高い御子神検校か。初めて会うが、名前はよく耳にする。あくどいことばかりして私腹を肥やしている悪党だという噂だな」

「善太夫よ、金を返せ。ここに証文がある」

検校が証文を高く掲げる。

「殿下と呼べというのに。無礼者めが」

法海坊が怒鳴る。

野次馬も口々に検校を罵る。

「何を図々しいことを言うか」

検校も負けていない。

「公家《くげ》でもないのに殿下を私称するとは身の程を知らぬ奴め。殿下といえば、公家の最高位ではないか」

「わしが命じたわけではない。皆が勝手に、そう呼ぶのだ。恐らく、わしが羽柴《はしば》善太夫だからであろうよ。柄も小さいし、顔も猿に似ているから豊臣秀吉になぞらえるのであろう」

「ふんっ、どうせ羽柴の姓も勝手に名乗っているだけであろうが。わしは違うぞ。ご公儀に認められた検校なのだ。貸した金を返さぬとなれば、ご公儀が黙ってはおらぬ。ここに役人が押し寄せることになるぞ」

「汝《なんじ》に金を借りた覚えはない。わしは里崎屋から借りたのだ」

「その証文をわしが譲り受けたのだから、わしが貸したも同然ではないか」

「それは違うな。里崎屋には金ではなく、違う形で借りを返した。それ故、その証文には何の価値もない。だらしのない男だから、証文を処分するのを忘れたのであろうよ」

「つべこべ言わずに六百両払うがいい」

「六百両か。随分と増えているようだが」

「利息がついて増えたんじゃい」

「皆の衆よ」

善太夫が立ち上がり、野次馬に呼びかける。

「今の話を聞いたであろう。この盲目の老人は、わしを、借りた金も返さぬ人でなしだと罵る。どうだ、わしは人でなしか？」

野次馬が、違う、殿下は立派な御方だ、人でなしなどではない、と声を揃える。

「ならば、間違っているのは、どっちだ？」

殿下は正しい、何も間違っていない、間違っているのはそこの年寄りだ、強欲な検校だ、と口々に検校を悪く言い始める。

「どうすればいい？」

殺してしまえ、簀巻《すま》きにして大川に放り込んでしまえ、と野次馬が興奮する。

「こいつらを殺してしまうのだな？」

そうだ、そうだ、殺してしまえ、殺せ、殺せ、と野次馬が叫ぶ。

「まずいな」

「うむ」

愛之助と鯖之介が刀の柄《つか》に手をかける。いつでも刀を抜けるようにしているが、如何《いかん》せん、相手が多すぎる。

「検校さま、この場はひとまず引き揚げるべきかと存じますが」

愛之助が小声で言う。

四人を囲む輪がじりじりと狭まっているのだ。

「馬鹿者。手ぶらで帰るつもりはない。金をもらって帰るのだ。さあ、おまえたちの出番だぞ」

「そう言われましても……」

「おい、そばに来るな。それ以上、近寄ると……」

鯖之介が叫ぶ。

「どうするね、わしらを斬るのか？」

善太夫がおかしそうに笑う。

「……」

鯖之介が刀を抜こうとする。

「よせ」

愛之助が止める。顎をしゃくる。

野次馬の背後から、火縄銃を抱えた男たちが現れる。六挺《ちょう》ある。

「この近さだ。外れようがない。みんな、撃たれて殺される」

「黙ってなすがままにされるのか？」

「やむを得まい。撃ち殺されるよりは、ましだ」

「簀巻きにして川に沈められる方が嫌だ」

「刀を捨てろ。脇差しもだぞ」

法海坊が怒鳴る。

「……」

愛之助と鯖之介が刀と脇差しを捨てる。

鯖之介は無念そうな顔である。

四人は野次馬に丸裸にされる。

検校がぎゃあぎゃあ喚いて抵抗するが無駄だ。骨と皮ばかりの貧相な体が露わになる。

仁王丸と鯖之介は筋肉質のいい体をしているが、この状況に怖れをなしているのか、真羅が縮こまっている。

愛之助の真羅だけが異様に大きい。いくらか縮んでいるのかもしれないが、それでも巨大である。

それを見て、女たちが目を丸くし、袖を引き合って、くすくす笑う。

驚いているのは女たちだけではない。男たちも驚いているし、子供たちは面白がって触ろうとする。

「ふうむ……」

善太夫がそばに来て、猪母真羅を吟味《ぎんみ》する。

「これは本物なのか？」

法海坊に訊く。

「そのようです」

「見事なものだな。今は垂れているが、これで大きくなったら、どうなるのか……。名前は？」

善太夫が訊く。

「その男は……」

愛之助ではなく、検校が答える。麗門家の次男で、北町奉行・麗門雅之進の弟、麗門愛之助だ、殺せば、ただでは済まぬぞ、と。検校の声が震えている。やはり、怖いのであろう。

「ほう、北町奉行の弟か。しかも、麗門と言えば、大旗本ではないか。そんな家の者が、なぜ、薄汚い検校の用心棒などしているのだ?」

「部屋住みなので、自分で稼がなければならぬのさ」

今度は愛之助が答える。

「なるほどな。しかし、いくらもらったのか知らぬが、随分と安く命を売ったものだな」

こいつらを簀巻きにして、大川に放り込んでしまえ、と善太夫が命ずる。

簀子《すのこ》を手にした男たちが四人に近付く。

そこに、

「おっとう」

薄汚れた人形を抱いた二十歳くらいの娘が現れる。

「桜花《おうか》か。ここに来てはならぬぞよ。あっちで遊んでいなさい」

善太夫が優しげに言う。一人娘を溺愛しているのだ。

外見は、まったく似ていない。

善太夫は貧相な小男だが、桜花はそうではない。善太夫より頭ひとつ背が高く、横幅は倍くらいある。かなり目方がありそうだ。

二人とも不細工なのは同じだが、醜さの程度が違う。善太夫は猿のようだが、桜花は動物には似ていない。顔には黒ずんだ吹き出物がいくつもあり、だらしなく鼻毛が伸びている。涎が垂れているのは、口が常に半開きだからである。化粧のつもりで頰に真っ赤な紅を塗りたくっているが、かえって醜悪さが増している。帯が緩いのか、胸元がだらしなく広がり、大きな乳房がはみ出しているが、本人は少しも気にしていないようだ。

「あの男、ほしい」

桜花が愛之助をじっと見る。

「ん？　あの男がほしいだと？　駄目だ。あっちに行きなさい」

「いやだ、いやだ、あれがほしい」

桜花が地団駄《じだんだ》踏みながら、愛之助の猪母真羅を指差す。

「わがままを言ってはならぬ」

善太夫が法海坊に目で合図する。

「さあ、桜花さま、あっちで何かうまいものでも食べましょう。大好きな草餅でも……」

法海坊が桜花の腕を取ろうとする。

「うるさい、離せ！」

桜花が法海坊の胸を肘打ちする。法海坊が尻餅をつく。怪力の持ち主である。

「おっとう、おっとう！」

「駄目だと言っておろう。許さぬぞ！」

「ううっ……」

桜花の目に涙が溢れ、醜い顔が歪む。

いきなり、うおーっと大声で泣き出し、切なそうに身をよじる。

「あれがほしい、あれがほしい、くれないなら死んでやる！　あの男と一緒に大川に飛込んでやる」

よほど興奮しているのか顔が真っ赤である。

「……」

善太夫が肩を落とし、途方に暮れたように溜息をつく。

やがて、

「麗門の倅を桜花の部屋に連れて行け。他の三人は、とりあえず、土牢《つちろう》にでも入れておけ」

と命ずる。

「はい」

簀子を手にした男たちがにやにやしながらうなずく。桜花のわがままにも、そのわがままに善太夫が振り回されるのも見慣れているのだ。

「おっとう、大好きだよ」

桜花が大喜びで善太夫に抱きつき、善太夫を持ち上げる。喜びのあまり、強い力で善太夫を抱きしめるので善太夫は息ができず苦しそうな顔になる。

四

梅川屋の寮は楓川の近くの静かな場所にある。

周りに人家はなく、人通りもほとんどない。

夜になればかなり淋しい場所だし、とても女や子供が一人歩きできそうな場所ではない。

外出するとき、佳穂はほとんど駕籠など使わないが、初めて訪れる場所ということもあって、この日は駕籠に乗った。寮の周囲の風景を見て、

(駕籠でよかった)

と、佳穂は思った。

寮の周りには柴垣《しばがき》が巡らされている。

柴垣の外で駕籠を降りると、六十歳くらいの老人が小走りに寮から出てくる。

「佳穂さまでいらっしゃいますか？」

「はい」

「ここを預かっている茂平《もへい》と申します。奥で静香さまがお待ちでございます」

ご案内いたします、と茂平が先になって歩き出す。

その後ろを佳穂がついていく。

玄関に入ると、

「ようこそおいで下さいました」

茂平と同じくらいの年格好の女が丁寧に頭を下げる。

「連れ合いのお福《ふく》でございます。何なりとお命じ下さいますように」

茂平が紹介する。

「佳穂と申します。よろしくお願いします」

「こちらへ」

茂平が廊下に上がり、佳穂を奥に案内する。

庭に面した座敷で静香が待っている。

「佳穂さま」

静香が近付いてくる。

「このたびは無理なお願いをしてすみませんでした」

佳穂が頭を下げる。

「とんでもない。父も母も、佳穂さまが喜んでくれるなら嬉しいと申しておりました」

二人が畳に腰を下ろす。

「茂平、あれを」

「はい」

茂平が座敷から出て行く。

入れ替わりに、お福が茶と茶菓子を載せたお盆を手にして座敷に入ってくる。

「どうぞ」

「ありがとうございます」

茶を飲みながら、静香と佳穂が話していると、茂平が戻ってくる。男ものの装束と刀を運んできたのだ。

「真新しいものではかえって目立つかもしれないと思い、古着を用意させていただきました。古着といっても、それほど悪いものではないはずです。刀のことはよくわかりませんが、なまくらでないことは確かです。父がそう話しておりましたので」

「何から何まで、ありがとうございます」

感激した面持ちで佳穂が礼を述べる。

「着替えてみますか？」

「はい」

「お手伝いさせていただきます」

お福が頭を垂れる。

佳穂とお福が座敷から出て行く。別室で着替えをするのだ。

しばらくして二人が戻ってくる。

考え事をしていた静香が気配に気付いて顔を上げる。

「え」

思わず静香の口から声が洩れる。

目の前に見知らぬ武士が立っている、と錯覚した。

もちろん、それは佳穂なのだ。

頭ではわかっているものの、実際に男装した佳穂の姿を目の当たりにすると、あまりにも何の違和感もないので自分でも驚いた。

いくら着ているのが男物でも、髪型で女だとわかってしまうので、白の五條袈裟で頭を包んでいる。これで編み笠を被ってしまえば、よほど間近で顔を見ない限り、それが女だとはわからないであろう。

「どうでしょう?」

佳穂が訊く。

「すごいです。顔が見えなければ、佳穂さまだとは誰にもわからないと思います」

「よかった」

佳穂がにこりと笑う。

「これで、ひとつ恩返しができました」

静香も微笑む。

「もうひとつの恩返しをさせていただきたいと思います」

「もうひとつ？」

佳穂が小首を傾げる。

咄嗟に何のことかわからなかったのだ。

「あの二人がどういう素性の者たちなのか、ということですけれど……」

「ああ」

思い出して、佳穂は顔を赤らめる。自分が頼んでおきながら、それを忘れていたからだ。男装したことに、すっかり舞い上がってしまったせいであろう。

「般若党《はんにゃとう》の仲間だそうです」

「般若党？」

「旗本奴の中でも、とりわけ悪質な者たちのようです。わたしが話すより、もっと詳しい者がおりますから、その者からお聞きになるのがよろしいかと存じます」

静香が茂平にうなずくと、茂平は廊下に出て、

「おい、こっちに来い」

庭に向けて大きな声を出す。

すぐに童顔の若者が現れる。まだ二十歳にもなっていないであろう。

「……」

一瞬、佳穂の顔色が変わったのは、男装の秘密を余人に知られたくないと思っていたからだ。

佳穂の心中を察したのか、すぐに静香は、

「ご安心下さいませ。これは正吾《しょうご》と申しまして、茂平とお福の孫でございます。決して佳穂さまの秘密を洩らすようなことはありませぬ」

「そうですか」

佳穂が安堵《あんど》して緊張を緩める。

「正吾、もそっとそばに」

「はい」

静香が言うと、正吾が縁側から座敷に上がる。

遠慮しているのか敷居際に蹲《うずくま》る。

「それでは話ができませぬ。こっちにいらっしゃい」

「はい」

静香に手招きされて、ようやく正吾は佳穂と静香のそばににじり寄る。

「あの二人が般若党の一味だということは父が調べてくれました。なぜ、そんなことを調べるのか、余計な詮索をされないようにかなりお金を使ったようです」

「申し訳ないことです」

「いいえ、とんでもない。般若党の一味だとわかって、父は正吾のことを思い出したそうです。なぜなら、正吾ほど般若党に詳しい者はいないからです」

「と、おっしゃいますと?」

佳穂が怪訝な顔になる。

まさか、この純朴そうな若者、しかも、茂平とお福の孫が般若党の仲間のはずがない、それなのに、なぜ、般若党に詳しいのか……。

「おまえから話しなさい」

静香が正吾を促す。

「はい」

正吾はうなずいたものの、すぐには話をすることができない。思い詰めた表情で黙りこくっている。

見かねて、きちんとお話しするのだよ、とお福が口を挟む。

うん、わかった、もう一度、うなずくと、正吾は大きく息を吐き、般若党に関する話を始める。

一年ほど前のことである。

正吾には、同い年の晋吉《しんきち》という親友がいた。

晋吉は飾り職人になるための修行中だった。

二人の幼馴染みに、油問屋《あぶらどんや》で下働きをしているお春《はる》という娘がおり、晋吉とは将来を約束した仲だった。

神田明神の祭礼の日、二人はそれぞれ休みをもらって出かけた。晋吉が初めて自分で拵えた髪飾りを髪に挿して、お春は嬉しそうだった。

悲劇は帰り道に起こった。

酒に酔った武士の一団に絡まれたのだ。

彼らはお春を連れ去ろうとし、それを止めようとする晋吉に殴る蹴るの暴行を加えた。

さらわれたお春は彼らに手込めにされ、その夜、大川に身を投げた。

大怪我をした晋吉は二日ほど昏睡状態だったが、何とか助かった。意識を取り戻して、お春が死んだことを知った晋吉は、その夜、家人が寝静まってから首を吊って死んだ。

「……」

そこまで話すと、正吾は手の甲で涙を拭う。感情を抑えきれなくなったのであろう。

「それが……」

佳穂の顔色も変わっている。血の気が引いて青白い。激しい怒りのためであろう。

「それが般若党だったのですか？」

「そうです」

正吾がうなずく。

徒党を組んで武家地から町人の町に繰り出してはやりたい放題の悪さをするという。無銭飲食は当たり前、酔うと誰彼構わずに絡んで暴行を加えたり、町娘をさらって手込めにしたりする。

時に押し込みまでするが、押し込みのような凶悪な犯罪行為をするときは素顔を隠すために般若の面を被る。それで般若党と呼ばれているのだ。

悪さばかりする旗本の子弟を旗本奴と総称するが、旗本奴にはいくつもの集団があり、般若党は最も悪辣な集団のひとつなのだという。

彼らがどれほど悪さをしても、町方は旗本の子弟には手出しができない。本来、若年寄やその配下の組頭が彼らを罰するべきだが、旗本奴の数が多すぎるし、名家の子弟が加わったりもしているので、そう簡単に処罰することもできず、結果的に見て見ぬ振りをすることが当たり前になっている。

「何と無体な……」

怒りのあまり佳穂の声が震える。

「その者たちの正体はわかっているのですか？」

「はい」

正吾がうなずく。この一年、晋吉とお春の恨みを晴らしたいと考えて、こつこつ調べたのだという。

般若党を束ねているのは、宇佐美冬馬《うさみとうま》、長岡鷲之助《ながおかわしのすけ》、監物武男《けんもつたけお》、瀬戸雄大《せとゆうだい》という、いずれも二十代半ばの若者たちで、晋吉とお春を襲ったときも、この四人がいたという。

「静香さまのときも？」

「いいえ……」

静香を襲い、佳穂に斬られたのは三好一太郎《みよしいちたろう》と六角次郎右衛門《ろっかくじろうえもん》という二人で、三好一太郎は宇佐美冬馬の従弟《いとこ》ということもあり、般若党は二人を殺害した者の行方を必死に追っているという。

「般若党の一味がどこにいるかわかりますか？」

「賭場や妓楼、小料理屋など、あいつらが溜まり場にしているところはいくつかあります」

「案内してもらえますか」

「もちろんです」

「あの……どうなさるおつもりなのですか？」

静香が心配そうな顔で訊く。

「まだ何も決めていませんが、何かせずにはいられない気持ちです」

佳穂が立ち上がる。

五

両国広小路を孔雀がゆっくり歩いている。

人波に揉まれながら、時折、足を止めて、往来に面した店の中を覗いたりしている。何かがほしいわけではなく、暇潰しをしているという感じだ。

(わたし、何をしてるんだろう)

ちっ、と舌打ちすると、意を決したようにしっかりした足取りで歩き出す。

米沢町に行くつもりなのだ。御子神検校の屋敷である。そこに愛之助がいると思い込んでいる。

時間が経てば経つほど、箱根で目にした愛之助の猪母真羅が孔雀の心の中で存在感を増している。何かがほしくなると、何としてでも、それを手に入れないと気が済まない性格なのである。物品がほしければ、金惜しみせずに手に入れるし、買うことができないものであれば力尽くで奪ってしまう。それが男なら、色仕掛けで手に入れる。今まで孔雀に誘われて、それを断った男はいない。

ただ、どれほどいい男であっても、実際に寝てみると、意外につまらないことが多く、大抵は一度か二度寝ると、孔雀の方から捨ててしまう。いくら見栄えのする男でも、見かけなど飽きてしまうものだ。やはり、何より大事なのは、まぐわったときに、どれほど孔雀を満足させることができるか、ということなのである。

（あの猪母真羅を味わいたい……）

愛之助の猪母真羅が孔雀の脳裏から離れない。あの猪母真羅とまぐわったら、どれほど心地よいだろうと想像するだけで股間が疼いてしまう。

とは言え、孔雀は盗賊団の頭である。色恋沙汰ばかりにうつつを抜かしているわけにはいかない。次の稼ぎのことも考えなければならない。

それ故、

（あの男に会いたいだけじゃないんだ。検校についても調べなければならないんだから）

そう自分を納得させて、米沢町に足を向けたわけである。

検校の屋敷まで来ると、玄関先で騒いでいる者がいる。駕籠かきである。

二人の駕籠かきが何やら大声で喚き散らし、それに若い女が言い返している。

（あれは香澄という検校の妾だな）

御子神検校については、孔雀だけでなく、荒瀬も調べを進めている。

孔雀は愛之助に会いたいので屋敷の周囲をうろうろしているだけだが、荒瀬は生真面目に情報を集めているから、屋敷に奉公している者たちの名前くらいは調べがついている。

何を騒いでいるのかと、孔雀が近付いていく。すでに騒ぎに気付いた野次馬が集まり始めているので、孔雀がそばに行っても目立たない。

「だから、駕籠代をくれと言ってるだけじゃねえか。わしらは、ちゃんと言われたところに行ったんだからな」

駕籠かきが大きな声を出す。

「なぜ、検校さまを置き去りにしたんだよ」

香澄も負けていない。

「あんな恐ろしいところにいられるもんか。逃げ出すので精一杯だったんだ」

「それなら、もう一度、検校さまを迎えに行くがいい。そうしたら、ちゃんと駕籠代を払ってやる」

「冗談じゃねえや。誰が行くものか。さあ、駕籠代を払え」

「そうだ、払え」

駕籠かき二人が声を揃えて大騒ぎする。

「……」

香澄が口を尖らせて不機嫌そうな顔になる。

駕籠かき風情の言いなりになるのは悔しいが、野次馬が増えてきているし、わずかな駕籠代のせいで、自分の見苦しい姿をさらすのは嫌だと思うのか、ついに、

「ほら、駕籠代だ。釣りはいらないから、さっさと行ってしまえ」

金の小粒を放り投げると、さっさと屋敷に入ってしまう。

何だ、もう終わりかよ、つまらねえな、などとぼやきながら野次馬が散っていく。

駕籠かきたちも駕籠を担いで離れていく。

孔雀は小走りに後を追い、

「ちょいと待って下さいな」

駕籠かきに声をかける。

「何か？」

「検校さまをどこかにお連れしたということでしたが、若いお侍さんも一緒でしたか？」

「ええ、侍が二人、あとは牛みたいにでかい男、その三人が駕籠にくっついてましたよ」

そう聞いて、

（あの猪母真羅は、やっぱり検校と一緒なのだ）

と、孔雀は察し、

「どうしても検校さまに会わなければならない用がありましてね。検校さまを下ろしたと

ころまで連れて行ってもらえないものかね？」

「それは、お断りですね。なあ？」

「うむ。あんなところには絶対に近寄りたくねえな。二度と行きたくねえや」

「手間賃は弾みますよ」

「だけど……」

「これで、どうだい？」

孔雀が袖から小判を一枚取り出す。

「え」

駕籠かきたちの目の色が変わる。

「それをもらえるんですかい？」

「あげるともさ。ほら……」

小判をもう一枚取り出して、

「あんたたちに一枚ずつあげるよ」

「……」

駕籠かきが顔を見合わせる。

駕籠代としては破格すぎる金額である。

そう簡単に断ることなどできるものではない。

「恐ろしい連中のいる場所だから、検校さまを下ろしたところまでは行けませんが、その近くでよければ乗せていきますよ。そこからなら、一本道だから迷いようもありません」

「検校さまがそこにいるのは確かなのだね？」

「ええ、確かですよ。だけど、危ない場所ですよ。余計なことを言うようですが……」

「ほら、取っておきな」

小判を駕籠かきに渡す。

「そこまで乗せていっておくれな」

孔雀が駕籠に乗り込む。

六

編み笠を被った細身の武士が歩いている。佳穂だ。

うつむいているせいもあって、どんな顔をしているのか、まったくわからない。

当然、それが女だとは誰も思わない。

その少し前を正吾が先導している。道案内だ。

正吾は般若党の溜まり場をいくつか知っている。

まず、日本橋の南、坂本町にある梅川屋の寮から近い場所に行ってみることにした。

それで、日本橋の北、岩本町にある縄暖簾に行ってみたが空振りだった。

「あまり期待しないで下さい」

あらかじめ正吾に言われていたので、佳穂もがっかりしなかった。

その縄暖簾は、小伝馬町《こでんまちょう》の牢屋敷《ろうやしき》から近いこともあって、宇佐美冬馬を始めとする般若党の幹部はあまり出入りせず、下っ端が安い酒を飲みに来る場所だからだ。

そこからお茶の水方面に向かって歩く。

正吾の幼馴染みが襲われたのは神田明神の祭礼を見物した後だったが、神田明神や湯島天神の近くにある小料理屋には、よく般若党の一味が出入りしているという。

往来に面した小料理屋の手前で、

「様子を見てきますので、このあたりにいらして下さい」

そう言い残して、正吾が佳穂から離れていく。

一人で残されると、佳穂は何となく心細さを感じる。その場にじっと突っ立っているのも、かえって人目を引きそうなので、ゆっくり歩き始める。突き当たりまで行くと、そこで踵を返して、また逆方向に歩く。

その小料理屋の二階は開け放してあり、そこから時たま、大きな話し声や笑い声が聞こえる。

（あれは般若党だろうか……）

そんなことを考えながら行ったり来たりする。小料理屋にばかり気を取られているから、それ以外のことにはまったく注意を払っていない。自分が見張っているつもりだから、まさか自分が観察されているとは想像もできない。

「……」

離れた場所から、帰蝶がじっと佳穂を見つめている。佳穂をつけたわけではない。般若党の動きを探っていたのである。そこに正吾と佳穂がやって来た。二人の動きが不自然だったので気になった。

注意深く眺めているうちに、編み笠を被った武士を、

(あれは女に違いない)

と、帰蝶は見抜いた。

誰が何のために男の形をして般若党を探ろうとしているのか、それが不思議で興味を引かれ、観察対象を般若党から佳穂に切り替えることにした。

そんなことは夢にも想像できない佳穂は、小料理屋の前の往来をうろうろしている。

七

すでに暗くなり始めている。

そもそも土牢の中は昼でも薄暗いから、日暮れともなれば、もはや隣にいる者の顔すらわからなくなってしまう。ここに、鯖之介、仁王丸、検校の三人が全裸で放り込まれている。

この土牢は、地面に大きな穴を掘っただけのもので、竹を縛って組み合わせた蓋で上部を覆っている。穴の底には水が溜まっており、汚物も垂れ流しなのでひどい悪臭がする。人間の体というのは、ずっと水に浸かっていると皮膚がふやけてきて、体力が奪われてしまう。緩やかな拷問のようなものだ。

検校は高齢だし体力もないから、すっかり弱っている。意識が朦朧《もうろう》としているらしく、意味のわからない譫言《うわごと》を繰り返している。

仁王丸は腹が減っているのか、さっきから腹がぐーぐー鳴っている。喉が渇いた、水が飲みたいとぼやいている。ついには、足許に溜まっている水まで飲もうとする。

「よせ、死にたいのか？　こんな水を飲んだら、間違いなく死ぬぞ」

鯖之介が止める。

「う～っ」

仁王丸が唸り声を発する。

しかし、飲むのは諦める。死ぬのは嫌らしい。

八

「うっ、うっ、うっ」

桜花が腰を動かすたびに、愛之助の口から声が洩れる。痛いのだ。愛之助に馬乗りになり、つまり、騎乗位で、桜花は激しく腰を振るが、そのたびに桜花の体重が愛之助の腹部にかかる。まるで重い砂袋で腹を殴られているかのようである。

苦しいが、手と足を縛られて床に固定されているから逃れようはない。

（これは、すごい女だな。化け物だ）

見かけが凄まじいというだけではない。尽きることのない体力に驚かされている。

愛之助はじっと横たわっているだけだが、桜花は愛之助の上で延々と動き続けている。何度となく絶頂に達しているのに、それでも満足できないのか、休むと、また動き始める。

正直に言えば、不快というわけではない。

桜花はデブだし、顔も不細工だが、あそこは悪くない。締まり具合もいいし、よく濡れているから、すこぶる気持ちがいい。腰の使い方も下手ではない。騎乗位だから、愛之助の腹に体重がかかって辛いだけだ。気持ちいいから、気を抜くと、すぐに射精してしまいそうになる。じっと堪える。桜花が満足してしまったら、殺されるかもしれないと危惧しているからだ。

愛之助は醒めた目で桜花を見上げながら、どうやってここから逃げだそうかと思案している。自分一人ならどうにでもなりそうだが、他の三人を置き去りにはできない。とりあえず、自分一人が逃げ出して助けを求めるという手もあるが、恐らく、愛之助が逃げたことが知られれば、三人は殺されてしまうだろうと思う。自分だけでなく、四人が助かる道を見付けようとしているが、それが、なかなか難しいのである。

九

「ああ、また駄目か」

ついてないぜ、と岩松が舌打ちする。

孔雀の手下である。

紀州屋の押し込みが成功し、分け前をもらってから、海老蔵や次郎吉と一緒に吉原に出かけて散財した。女好きの海老蔵は、その後も吉原やら岡場所やらにせっせと通っている。岩松も誘われたが、その誘いを断って、賭場で遊んでいる。女も好きだが、博奕《ばくち》はもっと好きなのである。

博奕で儲かるはずもなく、大抵、素寒貧になって帰ることになるが、押し込みの後だけに、まだ懐は温かい。好きなだけ遊ぶことができる。分け前に三百両もらったものの、すでに二百両くらい使った。

普通なら、

(もうこんなに使ってしまったのか)

と、たった数日で二百両もの大金を使ったことに慌てるだろうが、岩松は、そういう性格ではない。

(これだけ好き放題に遊んでも、まだ百両も残ってるじゃねえか)

と楽観的に考える。その百両も、そう長くは手許に残っていないだろうが、

(なあに、その頃には、またお頭がいい稼ぎをさせてくれるだろうぜ)

と、どこまでも能天気なのである。

それ故、続けざまに読みが外れて、みるみるコマが減っても、平気な顔をしている。

博奕というのは、負けがこむほど頭に血が上ってのめりこんでしまうものだ。何とか負けを取り戻そうとして、いつまでも腰を上げることができないのである。

懐に余裕があるから、岩松はそれほどカリカリしているわけではないが、それでも、やはり悔しくないわけではない。負け続けているのだから、今日は運がないと諦めて引き揚げ、また出直そうと冷静に考えられればいいが、そうではなく、いつまでも負けが続くは

ずがない、そろそろ風向きが変わるはずだと自分に言い聞かせて、しぶとく粘っている。

当然ながら、胴元は、

(今日は、懐にたっぷりとお宝を持っているようだな……)

と見抜き、手下に命じて、岩松に酒を振る舞ったりする。いわば引き留め工作である。

「いつも贔屓にしていただいてありがとうございます」

胴元が自ら酌をする。かなりの厚意である。

「すまないね」

「何かいいことでもあったんですかい?」

「まあ、ちょっとな」

ふふふっ、と岩松が笑う。

「そろそろ風向きも変わるでしょう。ゆっくりなさって下さいましな」

岩松のそばを離れるとき、胴元はちらりと壺振りを見て、さりげなく合図をする。少し勝たせてやれ、という合図である。

「二四の丁」

壺振りが壺を開けると、

「よし、きた!」

岩松が大きな声を発する。

ようやく勝った。

それから三度続けて勝った。

その程度の勝ちでは焼け石に水だが、岩松はすっかり上機嫌である。

「流れが変わったようだぜ」

両手で顔をゴシゴシこすると、ふーっと大きく息を吐き、前のめりになってコマを賭ける。まんまと胴元の術中にはまったわけである。

胴元が賭場の隅にある火鉢の前の席に戻ると、

「あの客、随分と羽振りがいいようだが何者だ？」

壁にもたれて茶碗酒を飲んでいた武士が小声で訊く。霧島虎之丞である。ここは鎧塚右京の中間屋敷で開帳されている賭場なのだ。

「古手屋の手代だと聞いたことがありますが」

「手代だと？　古手屋ってのは、そんなに儲かるのか？」

「そこまでは、わしにもわかりませんが……」

「おいおい、とぼけたことを言うな。どんな大店か知らないが、古手屋の手代ってのは、二十両も三十両も気軽に賭けられるほどの給金をもらえるのかよ？」

「大店ということはないでしょうが……」

「いつもなのか？」

「いつもあんなに気前よく賭けるのか？」

「そう言われると、普段は、一分とか二分をちびちび賭けてますね」

「いつもは小便博奕なのに、今日に限って大盤振る舞いか」

「ここ何日かは、そんな賭け方をしてますね」

「ふうむ……」

虎之丞が腕組みして考え込む。

（何だって、急に羽振りがよくなったんだ？）

大店でもない、ちっぽけな古手屋の手代の給金など高が知れている。にもかかわらず、大金を気前よく賭けている。しかも、ここ数日のことだという。何かよからぬことをして大金を手に入れたのではないのか、と疑いたくなる。

ここだけでなく、あちこちの旗本屋敷で開帳されている賭場に煬帝の一味が潜り込み、派手な金の使い方をしている者がいないかと探っている。押し込みで大金を手に入れた盗賊というのは、その直後、賭場や妓楼で散財することが多いからである。

（あいつは怪しいぜ）

虎之丞の視線の先では、岩松が興奮気味に賭けを続けている。

十

正吾が先を行き、その後ろを佳穂が歩いている。

梅川屋の寮に戻るところだ。

二人の足取りは重い。

勇んで出かけてきたものの、これといった収穫はなかった。般若党の溜まり場に案内してもらい、そこで般若党が大騒ぎしていることはわかったものの、結局、何もできなかった。誰も小料理屋から出てこないし、そもそも相手の数が多すぎるから、佳穂一人では何もできなかったという言い訳はできる。

しかし、それは最初から予想できたことだ。

（わたしは何をしたいのだろう……？）

所詮、自分一人では何もできないのではないかという迷いが佳穂の心に生じる。

不意に正吾が足を止める。

「どうしたのですか？」

佳穂が声をかける。

「……」

佳穂が正吾の前に回り込む。

「正吾殿」

正吾はうつむき、肩を震わせて泣いている。

（え）

大粒の涙がふたつの目から溢れているが、それを拭おうともしない。

「あいつがいました」

「あいつ？」

「最初にお春に目をつけて絡んできた奴、長岡鷲之助があそこにいました。般若党は憎い。みんなが憎い。だけど、誰よりも憎いのが長岡です……」

憎い仇《かたき》がいたのに自分は何もできない、お春にも晋吉にも申し訳ないし、何もできない自分が情けないのです、と正吾は泣く。

「なるほど……」

うなずきながら、そうですか、長岡という旗本が晋吉さんとお春さんの仇なのですね、とつぶやく。

「三好一太郎の身内もあそこにいたのですか？」

「宇佐美冬馬ですか。はい。いました」

「……」

佳穂が斬った二人のうちの一人、三好一太郎は般若党の幹部・宇佐美冬馬の従弟である。

宇佐美冬馬は従弟が殺されたことに腹を立て、二人を殺した下手人を執拗に捜しているという。自分たちはやりたい放題の悪さをしているくせに、何と図々しいのだろう、と佳穂は腹が立つ。

(そうだ)

ふと思いつく。

いきなり般若党全体を敵に回すのは不可能である。

多勢に無勢だ。

ならば、お春と晋吉の仇である長岡鷲之助、それに下手人を必死に捜しているという宇佐美冬馬、まずはこの二人を成敗すればいいのではないか。

長岡鷲之助を斬れば、お春と晋吉の供養になるし、宇佐美冬馬を斬れば、佳穂が安全になる。

そうだ、それがいい、二人を成敗するのは正しいことだし、一人ずつなら自分の力でも何とかできそうな気がする、と佳穂は興奮する。

正吾に自分の考えを説明し、二人の動静を探ってもらえないだろうか、と頼むと、

「喜んで調べさせていただきます」

正吾が涙を拭いながら嬉しそうにうなずく。

十一

「すみませんが、ここで降りて下さい」

駕籠が停まり、駕籠かきが声をかける。

「……」

孔雀が駕籠から降りる。

すでにあたりは暗い。

「ここを真っ直ぐ行けばいいだけです。小屋がたくさんあったから、今頃は明かりもたくさんついているでしょう。すぐにわかるはずですよ」

「そうかい。ご苦労だったね。ありがとう」

「お気を付けて」

駕籠かきが向きを変えて、来た道を帰っていく。

孔雀がゆっくり歩き出す。幸い、少しは夜目が利くからいいものの、そうでなかったら、ここで立ち往生してしまったであろう。

しばらくすると、前方にぼんやりと明かりが見えてくる。もっとも、駕籠かきが言ったようにたくさんの明かりではない。ほんのわずかの明かりである。何も知らなければ、家が数軒あるだけだと思ったであろう。

駕籠に揺られて、隙間から外を眺めているうちに、駕籠がどこに向かっているのか、孔雀は、おおよその見当をつけた。

（善太夫のところだ）

駕籠を降りて確信した。

善太夫は物乞いの元締めである。物乞いは居住場所が決められており、江戸市中から離れたところに集団で住み着いている。ここが、その居住地区に違いない。

直接の知り合いではないが、善太夫の噂はよく耳にする。

裏社会に生きる者であれば、誰でも善太夫の名前を知っている。敵に回すと厄介で危険な男なのだ。

犯罪者は鼻が利く。危ないところには行かないし、危ない人間には関わり合いにならない。自分より強い者は相手にせず、弱い者から奪うのが犯罪者として生き残る鉄則である。

それ故、誰もが善太夫を避ける。

用心棒を引き連れて御子神検校が善太夫に会いに行ったとすれば、借金の取り立てであろう、と孔雀には察せられる。

（善太夫から取り立てようとするなんて、いい度胸をしているものだ。よほど怖いもの知らずなのかね）

ある意味、感心する。

孔雀にとって、検校など、どうでもいい。

心配なのは愛之助である。

善太夫のやり方を知っているから心配なのだ。

借金など絶対に返さない。

うるさい取り立て人は始末されてしまう。

善太夫から借金を取り立てるのは命懸けなのである。孔雀の知る限り、今まで取り立てに成功した者はいないはずだ。

できれば、孔雀も善太夫とは関わり合いになりたくない。

しかし、

(あの猪母真羅を味わわないうちは死なせるわけにはいかない)

と思い定めている。

簡単に諦めるには惜しすぎる猪母真羅なのである。

一生に一度、出会えるかどうかという一品なのだ。

危険を冒す価値はある、と腹を括《くく》る。

十二

集落の外れで、孔雀は茂みに身を潜めて、様子を観察する。

明かりのついている家は少ないが、明かりのついていない掘っ立て小屋はたくさん建ち並んでいる。小屋と呼ぶには大きすぎる建物だけに明かりがある。

駕籠かきが、小屋がたくさんあるから、明かりもたくさんあるでしょう、と言ったのは、ここに住まう者たちがどれほど貧しいのかを知らなかったからに違いない、と孔雀は思う。

ほとんどの者たちが油も買えないほど暮らしに窮しているのである。明かりを灯《とも》す余裕がないから、暗くなると寝てしまい、夜が明けると起きるという生活なのだ。これほどたくさんの小屋が建ち並んでいるのに、しんと静まり返っているのは、多くの者たちがすでに寝ているからであろう。

(明かりを頼りに探すしかないか)

愛之助たちが善太夫に捕らえられたとすれば、掘っ立て小屋ではなく、それ以外の場所に閉じ込められているはずだ、恐らく、明かりのついている大きな家のどれかだ、と見当をつけて孔雀が茂みから出てくる。

(まだ生きていれば、ということだけど)

何か理由がなければ生かしておかないだろうから、とっくに殺されてしまったと考える方が自然だという気がする。

遠くに人の姿が見える。暗闇を利用して、そっと近付いてみる。二人いる。槍を手にして焚き火のそばに坐り込んでいる。

（土牢だ）

わざわざ見張りがいるのは、誰かが土牢に入れられているからであろう。

愛之助が土牢にいるのなら、二人の見張りを倒して助け出せばいい。二人くらいなら、孔雀でもどうにでもできる。

しかし、間違いだったら大変だ。

やり直しは利かないのである。

騒ぎが起これば、多くの者たちが群がり集まってくるであろう。すぐに逃げ出すことができればいいが、万が一、土牢に愛之助がいなかったら、他の場所を探す余裕はない。もたもたしていれば、孔雀も捕らえられてしまう。

念のために他の場所も調べてみよう……そう考えて、孔雀は土牢から離れる。

十三

集落の中でもひときわ大きな家があり、その家だけは明かりが煌々《こうこう》と灯っている。その割には見張りもおらず、易々《やすやす》と侵入することができるのが孔雀には不思議だった。

桜花が男を連れ込んでいるときは、誰もが遠慮して桜花の部屋に近付かないようにするので、自然と人気がないのである。

孔雀は裏口から忍び込む。武器を何も持っていない。まだ割られていない薪《まき》が積み上げられていたので、そこから一本を手に取る。

用心しながら奥に進む。

廊下を渡っていくと、女の喘ぎ声が聞こえる。大きな声である。その声に誘われるように、孔雀が進む。喘ぎ声は次第に大きくなる。

(何て喧《やかま》しい女だろう)

孔雀が顔を顰める。

その声の聞こえる部屋の襖を静かに開ける。

(あ)

孔雀の目に映ったのは愛之助に馬乗りになっている桜花の背中である。

桜花の大きな尻が上下に激しく動いている。

そのたびに愛之助の猪母真羅が出たり入ったりする。その黒光りする巨大な猪母真羅を目の当たりにして、孔雀は息を止める。瞬きも忘れて、二人のまぐわいを凝視する。

（やっぱり、すごい……）

ごくりと生唾を飲み込む。

箱根で見たときも、その大きさに驚いたが、実際にまぐわっているときの猪母真羅は更に大きく見える。

（あれがほしい。味わいたい）

猪母真羅に見蕩《みと》れるうちに下半身が痺《しび》れてくる。

股間に手を伸ばすと、恥ずかしいほど濡れている。

思わず指を入れると、ずっぽりと奥まで吸い込まれる。指を動かすと、気持ちよすぎて声が洩れそうになる。

（何て馬鹿なんだ。こんなことをしているときではないだろうに）

ハッと我に返る。

まずは愛之助を助けることが先決だ。猪母真羅を味わうのは、その後である。

薪を手にして、そっと部屋に入る。

桜花は、まぐわいに夢中だから気が付かない。

薪を振り上げて、桜花の後頭部を強打する。

思い切り殴ったはずだが、桜花は倒れない。

「何だ？」

肩越しに振り返る。

頭から、だらだら血が流れ、顔が赤くなる。

「誰だよ、おまえ？」

桜花が孔雀を睨む。

「化け物！」

両手で薪を持ち、渾身の力を込めて桜花の頭に薪を振り下ろす。薪が真っ二つに折れる。

桜花が白目をむいて昏倒《こんとう》する。

「あんたは……？」

愛之助が孔雀を見上げる。

「箱根でお目にかかりましたね」

微笑みながら、愛之助の手足を縛っている紐《なわ》をほどく。

「孔雀か。こいつらの仲間なのかね？」

強く縛られていたので、手首や足首が赤黒く鬱血《うっけつ》している。そこをさすりながら、孔雀に訊く。

「全然違いますよ」

「だが……」

「そんな話は後にしましょう。すぐに逃げないと」

「仲間が三人捕まっている。見捨てて行くわけにはいかない」

「それなら、たぶん、あそこですよ……」

土牢に二人の見張りがいたことを説明する。

「案内してくれるか？」

「何かお召しになった方が……」

依然として猪母真羅がそそり立っている。

「ああ、そうだな」

布団の傍らに脱ぎ捨ててある桜花の着物を羽織る。女物だが、裸でいるよりはましだと考える。

部屋を出ると、ちらりと振り返る。

桜花が大の字に倒れている。

黒々とした陰毛が自分の愛液で濡れ光っている。

白目をむき、口から泡を吹いている。顔は血まみれだが、胸は上下しているから死んではいないようだ。

（確かに化け物のような女だな）

今まで数え切れないほどの女たちとまぐわったが、桜花のような女は初めてである。

十四

孔雀と二人で見張りを倒すと、竹の上蓋に手をかけて、

「おい、おれだ、愛之助だ。無事か？」

愛之助が声をかける。

土牢の中は暗くて、よく見えないのである。

「おお、来てくれたか」

鯖之介の声だ。

「今、助けるぞ」

上蓋を取り外し、土牢の中に手を伸ばす。

「まず、検校さまを上げよう。すっかり弱っている」

「わかった」

仁王丸が検校の体を両手で頭上に持ち上げ、それを愛之助と孔雀が受け取って地面に寝かせる。かなり弱っているのか、検校は死んだように動かない。

次に鯖之介を引っ張り上げる。

仁王丸は重いので、なかなか大変だ。

愛之助と鯖之介、孔雀の三人かがりで何とか引っ張り上げる。

「それにしても、すごい臭いだな」

愛之助が顔を顰める。

「肥溜《こえだ》めに放り込まれていたようなものだからな。体をきれいにする余裕もないだろうし、我慢してもらうしかない。ところで……」

鯖之介が孔雀に顔を向ける。

「この人は？」

「おれたちを助けてくれた。命の恩人だ。箱根で知り合ったのだ」

「そうですか。お礼を申し上げます」

鯖之介が深々と頭を下げる。

「いいんです。これを着て下さい」

見張りの着物を脱がせて、鯖之介と仁王丸に差し出す。

「これも持っていこう」

愛之助は地面に転がっている二本の槍を拾い上げ、一本を鯖之介に渡す。

「仁王丸、検校さまを背負え」

愛之助が命ずると、仁王丸が検校をおんぶする。

「さあ、行こう。長居は無用だ。ばれたらしいぞ」

善太夫の屋敷の方から人の声が聞こえてくる。

殴り倒された桜花が見付かったのであろう。

「こっちです」

夜目の利く孔雀が先導する。

その後ろを四人の男たちが続く。

孔雀が駕籠を降りたあたりで、背後から追ってくる者たちの声が大きくなる。振り返ると、たくさんの松明《たいまつ》や提灯《ちょうちん》が揺れているのが見える。

間もなく追いつかれてしまいそうだ。

「おれは、ここで食い止める。先に行ってくれ」

愛之助が足を止める。

「よし、おれも残るぞ」

鯖之介が言う。

「おれ一人でいい。そっちの三人を安全な場所まで逃がしてくれ」

「水臭いことを言うなよ。こんなところで、おまえを死なせてたまるか。一人なら助かるまいが、二人なら何とかなる。これだけ暗ければ、種子島《たねがしま》で狙うのも容易ではあるまい」

「では、そうしてもらおう。念のために言うが、なるべく殺すなよ。後々、面倒なことになる」

「こっちは簀巻きにされて、大川に放り込まれるところだったんだぞ。しかも、あんな汚らしい土牢に放り込みやがって」

「だが、まだ生きている。死んでいない。だから、相手も殺すな」

「できるだけ、そうしよう」

鯖之介が渋々、うなずく。

そこに、何人かの男たちが襲いかかってくる。

明かりを持たずに追ってきた者たちだ。

だから、愛之助も鯖之介も気が付かなかった。

二人は槍を逆さまに持ち、あたかも長い木刀を操るかのようにして、たちまち男たちを叩きのめす。武術の心得のある者と、単に武器を振り回すだけの素人の差は、こういうところに出るのだ。

(この男も、なかなか手強《てごわ》い)

孔雀が鯖之介に感心する。

「さあ、あんたたちは先に行ってくれ」

「わかりました。お二人とも、お気を付けて」

「この恩は忘れないぞ」

「ええ、ひとつ貸しですからね」

にこりと微笑むと、孔雀が仁王丸を促して先を急ぐ。

十五

浅草寺の灯明が見えるあたりまで来ると、いくらか人通りがある。

駕籠屋を見付け、店先で樽《たる》に腰を下ろして莨を喫んでいる駕籠かきに、

「米沢町まで駕籠を三丁お願いしますよ」

孔雀が声をかける。

「へい」

と腰を上げた駕籠かきが、仁王丸を見て、ぎょっとしたように目を丸くする。

無理もない。

薄汚いぼろをまとい、しかも、かなり小さいので、臍《へそ》のあたりまでしか隠れていない。つまり、下半身がむき出しで、陽根や玉袋が露わなのである。仁王丸が背負っている検校は全裸だ。

その上、仁王丸と検校からは異様な悪臭が漂っている。駕籠かきが怖れをなすのも当然

であろう。

「ちょいと面倒に巻き込まれてしまってね。困ってるんだよ。こちらの御方は米沢町の検校さまだ。駕籠を出してくれれば、手間賃は弾むよ。ほら、これでどうだね」

孔雀が懐から小判を取り出す。

「え、それを下さるので？」

「ああ、一丁につき一両ずつ払おうじゃないか。まずは一両だ。残りは屋敷に着いてから払うよ」

孔雀が駕籠かきの手に小判を握らせる。

それで話がつく。小判の威力は絶大である。

仁王丸、検校、孔雀の三人が駕籠に乗り、米沢町の屋敷に向かう。

屋敷に着き、駕籠かきたちに手間賃を払うと、

「検校さまを中に運んであげなさい。すぐに医者を呼んだ方がいいですよ」

「ううっ」

仁王丸は大きくうなずくと、検校をおんぶして屋敷に入る。それを見届けて、孔雀は立ち去る。

（ちくしょう、何だかんだと騒ぎに巻き込まれて、今夜もあの猪母真羅を味わうことができなかった。まあ、仕方ないかね。楽しみは先に取っておくことにするか……）

そう自分に言い聞かせる。

孔雀が立ち去る背中を物陰からじっと見つめている者がいる。帰蝶だ。

愛之助に用があったのだが、検校と出かけたきり戻らないので、さりげなく検校の屋敷を見張っていたのである。仁王丸と検校の様子は普通ではなかった。何かよくないことがあったのだな、と帰蝶は察する。

十六

「なるほど、怪しい者が三人いるわけだな」

大村玄鬼斎がうなずく。

「その中でも、岩松という古手屋の手代が怪しいようですな。霧島が探ってくれたのですが」

鎧塚右京が言う。

「なぜ、その手代が怪しいのだ？」

煬帝が訊く。

「人を使って調べさせたのですが、その古手屋、まったく流行《はや》っていないのです。ほとんど客も来ないような寂れた店で、店にいるのも主と手代の二人だけです。あとは掃除や炊事をする通いのばあさんがいるだけなんですよ。ところが、賭場では惜しげもなく大金を賭ける。負けてもへらへら笑っている」

「なるほど、いかにも怪しそうだな」

玄鬼斎がうなずく。

「古手屋の手代というのは世間を欺くための表向きの顔に過ぎず、恐らく、裏の顔があるのでしょうな。そうでなければ、金の出所がわからぬ」

右京が言う。

「手代だけが悪党のはずがありませんから、主の海老蔵も悪党なのでしょう」

虎之丞が付け加える。

「もっともな話に思えますが？」

玄鬼斎が煬帝を見る。

「いいだろう。その古手屋について、もっと詳しく探ってもらいたい。人も金も使って構わぬ。主と手代を調べるのだ。二人だけで押し込みをするはずがないから、他にも仲間がいるだろうし、どこかに盗人宿もあるはずだ」

煬帝が言う。

「紀州屋から盗んだ金もそこにあるということですかな」

右京がにやりと笑う。

「急いだ方がいいだろう。その手代が賭場で大金を使っているとすれば、もう山分けしてしまったかもしれぬ」

「紀州屋ほどの大店に押し込んだのですから、奪ったのは百両や二百両の端金《はしたがね》ではないでしょう。五千両くらいはあったかもしれない。そう簡単に使い切ることはできますまい。盗人宿には、まだ大金が残っているでしょう」

右京が言う。

「そう願いたいものだな」

煬帝がつぶやく。

十七

翌朝。検校の屋敷。

愛之助が目を覚ます。喉が渇いたので台所に行くと、鯖之介が板敷きにあぐらをかいて茶漬けをかき込んでいる。その傍らに香澄が呆れ顔で立っている。

「お代わりを頼む」

鯖之介が空の茶碗を香澄に突き出す。

「まだ食べるんですか？　お腹《なか》を壊しますよ」

「腹が減っているのだ」

「はあ、そうですか」

お代わりを盛って、茶碗を差し出す。

鯖之介が猛然と食べ始める。

「これで十杯目なんですけどね」

香澄が愛之助を見る。

「昨日は大変だったのだ。腹も減るだろう」

「先生も茶漬けを食べますか？」

「水が飲みたいな」

「はい」

水瓶《みずがめ》から茶碗に水を汲《く》んで愛之助に渡す。

「すまぬ」

ごくごくと喉を鳴らして水を飲む。

「検校さまは？」

「もう起きていると思いますけど……。見てきましょうか？」

「うむ」

愛之助がうなずくと、香澄が台所から出て行く。

「体の具合は、どうだ？」

板敷きに腰を下ろしながら、愛之助が訊く。

「大丈夫だろう。種子島にも当たらなかったし、どこも斬られてはいない。殴られたのか転んだのかわからぬが、あちこちに青痣ができているが、まあ、その程度だ。おまえの方は？」

「おれも同じようなものだな。あちこち痛むが、撃たれたり斬られたりはしていないようだ」

「何よりだな」

ふーっと大きく息を吐くと、また茶漬けを食べ始める。

「ひとつ困ったことがある」

「何だ？」

「美女丸をあそこに置き忘れてきた」

「刀か？　仕方あるまい。命があっただけで運がいいのだ。刀は諦めろ」

「そう簡単に諦めることはできんな」

「おれは嫌だぞ。あそこには行きたくない。一緒に行こうなどと言わんでくれよ」

「そうは言わんが……」

「あの騒ぎの中だったから、落ち着いて考えることもできなかったが、あの女、いったい、何者だ？　箱根で会ったとか話していたが」

「おれもよくわからんのだ。知っているのは孔雀という名前くらいでな」

「普通の女ではないのだろうな」

「そうだろう」

「隠密《おんみつ》のようなものか？」

「知らんよ」

「なぜ、おまえを助けに来た？　北町奉行の弟だからか」

「それなら、一人では来るまい」

「それもそうだな」

鯖之介は首を捻りながら、それにしてもいい女だったな、あんな女を抱いてみたいものだ、と溜息をつく。

そこに香澄が戻ってくる。

「検校さまがお二人を呼んでますよ。すぐに来てほしいそうです」

「わかった」

愛之助が立ち上がる。

鯖之介がまだ茶漬けを食っているので、

「おい、いい加減にしろ。本当に腹を壊すぞ」

茶碗を取り上げる。

十八

座敷の上座に検校が脇息に腕をのせ、体を丸めて坐り込んでいる。いつにもまして不機嫌そうな顔である。皮膚がかなり黄ばんでいて顔色が悪い。かなり具合が悪そうに見える。

壁際に仁王丸がいる。特に変わったところはなく、いつものように元気そうだ。

愛之助と鯖之介が下座に、香澄が検校の傍らに坐る。

「いかがですか？」

愛之助が訊く。

「悪いな。さっきも医者が来た。まずい薬を処方して帰った。あんな薬、まずいだけで、いくら飲んでもよくならん。しかも、目が飛び出るほどに高い」

「よいではありませんか。どんなに財産があっても、あの世に持っていくことはできませんからね。生きているうちに使った方がいいです」

「わかったようなことを言うな」

検校が顔を顰める。

「あの者たちがこの屋敷に押しかけてくることはないのでしょうか？　念のために人手を集めておいた方がいいのではありませんか」

鯖之介が懸念を口にする。

「その心配はなかろう……」

自分たちの住処《すみか》を出て、江戸の町地で騒ぎを起こせば、善太夫は自分の首を絞めることになるから、ここに来ることはない、と検校は言う。

「白湯《さゆ》をくれ」

「はい」

香澄が茶碗を差し出す。

ふうふういいながら白湯を口に含み、

「貸した金を取り立て損ねてしまった。こんなことは初めてだ。どうすればよかろう」

何事か思案する様子である。

「まさかと思いますが、まだ諦めていないのですか？」

「諦めるだと？　なぜ、諦めなければならぬ」

「本当なら、今頃は簀巻きにされて大川に沈んでいるところなのですよ。いくつかの運に恵まれたから、こうしてまだ生きているのです。そのことに感謝してはいかがですか？」

「うむむ……」

言い返したいところだが、愛之助の言う通りだとわかるので、何も反論できないのである。

しばらく苦虫を嚙み潰したような顔をしていたが、やがて、

「六百両はもったいないが、六百両と引き換えにできるほど、わしの命は安くない」

「そうです。命ほど大切なものはありません。ひとつしかないのですし、なくしてしまったら取り戻すこともできないのですから」

「わかっている」

「どうしても取り立てたいのであれば、用心棒を三十人くらい連れて行き、種子島を何挺か、それに大砲も一門くらいあれば文句なしでしょう」

「そんな無駄な金を使うことができるか。六百両以上かかってしまうではないか。そうだ、おまえたちに六両ずつ渡したが、取り立てにしくじったのだから、半分は返すがよい」

「本気ですか？」

「なぜ、わしがふざけなければならぬ」

「……」

愛之助と鯖之介が顔を見合わせる。

検校の吝嗇さに呆れている。

十九

船宿「ひばり」の二階で孔雀が酒を飲んでいる。

片膝を立てて肘をのせ、手の甲に顎をのせて何やら考え事をしている。時々、思い出したように左手で茶碗を手に取って酒を口に含む。

とんとんと階段を上る音がして、

「お頭、海老蔵と岩松が来ました。そろそろ打ち合わせを始めてもいいですか？」

荒瀬が顔を覗かせる。

「ああ、いいともさ。ついでにもう少し酒を持ってきておくれ。みんなも飲むだろう」

「飲みながらの打ち合わせでいいんですか？」

「構わないさ。そんな深刻な話じゃない。もう段取りは、ほとんどできているんだから」

「承知しました。用意します」

しばらくすると、荒瀬、海老蔵、岩松、次郎吉の四人が上がってきた。海老蔵が酒の入った大きな瓢簞《ひょうたん》を両脇に一本ずつ抱え、岩松が酒の肴を、次郎吉が茶碗や箸や醬油《しょうゆ》や味噌《みそ》を運んでいる。

五人は車座になって坐り、中央に酒や肴を並べる。

「次の稼ぎの話をするよ。最初におれが話すから、おまえたちは飲み食いしながら聞いていればいい」

孔雀がうなずくと、荒瀬が皆の茶碗に酒を注ぐ。

「紀州屋では期待したほどの大きな稼ぎにはならなかったが、こうして、みんなが無事に過ごしている。それは悪いことじゃない。だからこそ、すぐに次の稼ぎに取りかかることもできる。次もうまくやって、大金を手に入れるぞ」

孔雀が酒を飲むと、皆も飲み始める。

海老蔵、岩松、次郎吉の表情は明るい。

紀州屋の押し込みの分け前でいい思いをしたばかりである。次の稼ぎで大儲けできれば、いい思いがずっと続くことになる。いろいろ想像するだけで愉快な気持ちになり、自然と笑みがこぼれるのだ。

飲み食いしながら、皆が孔雀の説明を聞く。

孔雀が話し終わると、

「それは、うまい話ですね。検校の屋敷にお宝が眠ってるなんて誰も思いませんや」

岩松がひひひっと笑う。

「簡単そうな稼ぎに思えますが、その二人の用心棒だけが厄介ですね。どうやって片付けるんですか？　紀州屋の奉公人たちを黙らせたようなやり方は通用しない気がしますが」

海老蔵が首を捻る。

「簡単ではないだろうが、わしとお頭が一人ずつ倒せばいいだけのことだ」

荒瀬が言う。

「いや、それはまずいな」

孔雀が首を振る。

「力尽くで何とかしようとすれば、こっちもただでは済まぬ。用心棒は奉公人とは違う。まともに争えば厄介だが、ものは考えようだ。用心棒に忠義などというものはない。所詮、金ほしさに雇われているだけだ。うまく騙《だま》して屋敷から誘《おび》き出《だ》せばいい。要は、おれたちが押し込むときに、用心棒が屋敷にいなければいいだけだ」

「確かに、そうですね。剣術使いとまともに渡り合えば、こっちの方が分が悪そうですからね。え〜っと、いつも屋敷にいるのは天河鯖之介という御家人です。実家は御徒町の方で、母親と二人暮らしみたいです」

「それなら、押し込みの前に、母親が急病だとでも嘘の知らせを教えれば、慌てて御徒町に帰るだろう。実家に帰れば嘘だとわかるだろうが、御徒町から米沢町に戻る頃には、こっちの仕事は終わっている」

孔雀がうなずく。

「うまい考えですね。わざわざ腕の立つ用心棒と斬り合いなんかしたくありませんから」

荒瀬がうなずく。

「で、もう一人は、どうしますかね？　麗門とかいう奴で、普段、屋敷に詰めているのは天河一人ですが、何か臨時の仕事があると麗門も屋敷に詰めるようです。わしらが押し込む夜に屋敷にいるかどうかわかりませんが……」

「屋敷にいなければいいが、そんな神頼みをしても仕方がない。屋敷にいるものと考えて、どうにかしなければなるまいよ」

「女好きだという噂ですから、どこかの女の家にでも引っ張り込んで毒酒でも飲ませてやりますかね」

「女好きなのか？」

孔雀がハッとする。

「そうらしいですよ。切れ目なしに、いつもそばに女がいるみたいですからね。色男の用心棒ですか。羨ましいことです」

荒瀬が笑う。

「女を使って毒殺するのは、ちと面倒だな。天河のように、押し込みの間だけ屋敷にいないようにすればいいわけだし」

「いいことを思いつきました」

「何だ？」

「天河と麗門は同じ道場なんですよ。神田花房町の陵陽館です。天河の母親が急病だと知らせるのではなく、陵陽館の道場主が急病だと知らせればいいんじゃないですかね？　そうすれば、天河だけでなく、麗門も道場に駆けつけるでしょう」

「うまい考えだな。花房町まで行って帰って来るには二刻（四時間）くらいはかかるだろう。それだけあれば、おれたちの稼ぎには十分すぎる時間だ。しかも、二人同時に誘い出すことができる」

「われながら、いいことを思いつきましたね。あ、もう一人、いつも検校にくっついてる力士あがりの図体のでかい男がいます。仁王丸と呼ばれてます」

「剣術使いではないだろう？　腕っ節が強いだけなら、おれたちでどうにでもできる」

「そうですね。天河と麗門を屋敷から誘い出し、仁王丸を最初に殴り倒してしまえば、残るのは下男や下女ばかりだし、数も多くありません。紀州屋よりも、ずっと楽な稼ぎになるはずです」

「おまえたち、何か質問はないのか？」

孔雀が、海老蔵、岩松、次郎吉に訊く。この三人は黙ったまま飲み食いしているだけで、孔雀と荒瀬だけが話しているようなものだ。

「何もありませんや。今の話を聞けば十分です。うまくいくのは間違いなしでしょう。なあ？」

海老蔵が岩松と次郎吉に訊くと、二人とも、ええ、そう思います、うまくいきますよ。ああ、早くお宝を拝みたいものですよ、と笑う。

孔雀一味が「ひばり」の二階で悪巧みをしている頃、「ひばり」の外では、じっと二階を見上げている者がいる。煬帝の配下である。海老蔵と岩松を尾行してきたのだ。

二十

「これ、桜花、少しは落ち着きなさい」

善太夫が宥《なだ》めようとする。

しかし、桜花は布団に突っ伏し、

「あの男がほしい、あの男がほしい」

と獣のような声で泣き叫んでいる。

頭を晒しで巻いているのは孔雀に殴られて怪我をしたからである。骨折はしなかったが、傷は大きく、出血もひどかった。晒しにも血が滲んでいる。

かなり痛むはずだが、桜花はまったく気にならないようだ。興奮しているせいで、痛みを感じないのであろう。

「困ったものよのう。どうしたものか……」

途方に暮れたような顔で、善太夫が傍らの法海坊を見る。

「殺せという命令であれば簡単ですが、殺してはならぬということになりますと……」

「そんなことをしたら、おまえを許さないからな！」

桜花が肩越しに振り返って法海坊を睨む。

「もちろんです。承知しております」

「ううう……」

うわ～んっ、とまた桜花が激しく泣き出す。

「殺してはならぬぞ」

善太夫が法海坊に念を押す。

「殺してはならぬ、怪我をさせてもならぬということであれば、拐かすしかないのでしょうが……。ただの浪人であればどうにでもできますが、北町奉行の弟となると、そう簡単に拐かすこともできませぬなあ。下手なことをすると、ここに捕り方が押し寄せることになりかねませぬ」

「何とかせい。それがおまえの役目ではないか」

「はい……」

とりあえず、配下の物乞いたちを使って愛之助の動静を探らせるつもりだという。

「それだけか？」

善太夫がじろりと睨む。

「あ、いや……」

ごくりと生唾を飲み込み、

「麗門の佩刀《はいとう》なのですが、なかなかの業物のようなのです」

「それが何だというのだ？」

「売りに出せば一千両の値がつくかもしれませぬ。そもそも、売りに出ることなどあり得ないような刀のようなのです」

「で？」

「それほどの刀を、そう簡単に麗門が諦めるとも思えませぬ」

「取引に使うというのか？」

「取引といいますか、麗門を誘《おび》き寄せる餌にできるのではないか、と。力尽くでどうにもできないのであれば、向こうからここに足を運ばせるように仕向けることが必要ではないかと思います」

「ならば、そうせい。このままでは、どうにもならぬではないか」

善太夫ががっくりと肩を落として桜花を見つめる。

桜花は依然として激しく泣きじゃくっている。

二十一

老中・本多忠良の屋敷。中庭。

本多が縁側に腰掛けている。

「近頃、町の様子は、どうかな？」

あたかも独り言のようだが、そうではない。

大きな置き石の陰に人がいる。帰蝶である。

「相変わらず、奴どもが騒ぎを起こしております。町奴や旗本奴……」

「町奴のことはよい。それは町方が何とかするであろうよ。旗本奴のことを聞かせよ」

「目につくのは、旗本奴の中でも般若党と煬帝一味でしょうか」

「ふうむ、煬帝のことは放っておけ。とりあえず、今のところは、な。あの一味は他の旗本奴とは違う。対応を誤ると大変なことになりかねぬ」

「承知しました」

「般若党について聞かせよ」

「はい……」

般若党が町の者たちにどのような悪さをしているか、帰蝶が淡々と説明する。悪辣非道《ひどう》な振る舞いばかりだが、本多の表情に変化はない。そういう話に慣れているのであろう。

「そう言えば、ひとつ気になることがございます」

「何だ？」

帰蝶が話したのは佳穂のことである。

もちろん、佳穂の正体については何も知らない。

男装の女剣士が般若党を探っているのが気になっただけである。

「女剣士か……」

本多が首を捻る。

「大したことではないのかもしれません。般若党に恨みを持つ者は多いので、恨みを果たそうと、般若党の周辺をうろうろする者たちをたまに目にしますので」

「うまくはいかぬのであろうな」

「大抵は返り討ちにされてしまいます」

「そろそろ般若党にも手を打たねばなるまいな」

「そう思います」

「その女剣士について調べてみよ。わしも気になる」

「承知しました。実は、もうひとつ……」

「何だ？」

「どうかしたのか？」

「麗門愛之助さまのことでございます」

「はい……」

検校の屋敷の前で目撃したことを説明する。

孔雀を見送った後、夜明け前に愛之助と鯖之介が戻ってきたが、見るに堪えないような
ひどい姿だった。何らかの厄介事に巻き込まれたことは間違いないと思う、と孔雀は言う。

「馬鹿者めが」

本多が舌打ちする。

「自重するように愛之助に伝えよ、ご公儀の刺客という立場を忘れるな、と」

「生活が苦しいので、検校の悪辣な取り立てに手を貸したりするのではないでしょうか」

「ふうむ、金か……。手当を出すべきかのう」

「生活に余裕があれば、少しは仕事を選ぶこともできると思います」

「愛之助には、まだまだ働いてもらわねばならぬ。わかった。手当を渡すことにしよう。

先々、どうするかは改めて考えることにして、当座の生活費だ」

本多がうなずく。

二十一

「紀州屋を襲った者たちの盗人宿を突き止めたというのか？」

煬帝が訊く。

「ええ、間違いありません。平右衛門町にある『ひばり』という船宿ですよ。霧島が突き止めたのです。誉めてやって下さい」

鎧塚右京が言う。

「ご苦労だったな」

煬帝が霧島虎之丞に軽く頭を下げる。

「いや、大したことはありません」

謙遜しながらも、虎之丞は鼻の穴を大きく開いて胸を反らせる。煬帝に誉められて嬉しいのであろう。

「相手も場所もわかったのですから、すぐにでも行こうじゃありませんか」

右京が言う。

「うむ、段取りを決めなければならんな」

煬帝がうなずく。

「別に難しいことはないでしょう。周りに家が建ち並んでいるわけではない。川沿いにぽつんと建っている船宿だし、盗賊どもの数も、せいぜい五人くらいのものです。人手さえ集まれば、今夜にでも襲うことができるではありませんか」

「手練《てだれ》の盗賊を雇い入れるには金がかかる。話を付ける時間もいる」

「今回、それは必要ないでしょう。商家に押し込むわけではないのだから、わざわざ、押し込みの玄人を雇うまでもない。われらだけでやればいいのです。仲間に加わったばかりで、まだ修羅場を経験していない者が何人かいるでしょう。ちょうどいい稽古になるじゃありませんか」

「それは先走りすぎではないか。同志になったばかりの者を使うのは時期尚早という気がする」

大村玄鬼斎が口を挟む。

「そうでしょうか。口先だけでなく、いざ兵を挙げたとき、共に立ち上がる気力があるかどうかを見極める機会だと思いますがね。これで尻込みするような者なら、仲間にする必要はない」

「賛成です。大義を実現するにはきれい事だけでは済まない。血を流すこともあるのだ、と肌身で感じることができましょう」

虎之丞が右京に同調する。

「一理あるのは認めよう。確かに、わざわざ玄人を雇い入れなくてもよいかもしれぬ」

玄鬼斎が煬帝に顔を向ける。

「よかろう。今回は、われらだけでやることにしよう、新参者に場数を踏ませるのだ」

煬帝が承知する。

二十三

話し合いを終えて、鎧塚右京と霧島虎之丞が肩を並べて帰る。歩きながら、

「どうやら玄鬼斎先生と煬帝は、本気で兵を挙げるつもりらしいな」

右京がつぶやく。

「成功しますかね？」

虎之丞が首を捻る。

「真面目に言っているのか？」

「え」

「百や二百で、どうして幕府を屈服させられると思うのだ？」

「やはり、無理でしょうか」

「幕政の改革を訴えるのはいい。あくまでも幕府を尊重した上で、その中身を変えてほし

いという話だからな。だが、あまり強気なことばかり言うと、幕府の怒りを買って、こっちが叩き潰されてしまうのではないかな。おまえ、今の境遇に不満があるか？」

「ないと言えば、嘘になりますが……」

「役には就いてないが、さほど金に不自由はしていないし、そう不満はないのではないか？」

「そう言われると、確かに」

虎之丞がうなずく。

「おれだって、そうさ。賭場があるから金には困らない。幕政改革を唱えると、誰もが感心してくれる。おれを徳川の忠臣と讃《たた》える者までいる。今の立ち位置は、そう悪くない」

「しかし、あの二人は本気でやるつもりですよ。近々、長崎から最初の武器も届くと話してましたからね。その後も少しずつ届くとか……」

「武器など、いくらでも買い手はいる。売り飛ばせばいいだけのことだ」

「しかし、武器が揃ったら、否応なしに挙兵ということになるでしょう。止めようがありませんよ」

「おれたちの考えは無視か」

「聞く耳を持たないでしょうね。あの二人が生きている限り、止めようがないと思いますが」

「ふうむ、裏を返せば、あいつらが死ねば、挙兵は無理だということだな」

「二人が死ねば、これまでに蓄えた莫大な資金だけが残りますね」

「金はどれだけあっても困ることはない。いくらでも使い道がある」

「金額次第ですが、金惜しみしなければ、かなりいい役に就けると聞きました」

「今更、裃《かみしも》を着て、城勤めなどしたくないが、自分が嫌でも倅が嫌がるとは限らないからな」

「わたしは裃を着てみたいです」

「似合わんだろうなあ」

「そうかもしれませんが」

二人が声を揃えて笑う。

「盗賊どもから金を奪ったら、今後のことを真剣に考えなければなりませんね」

「そうだな」

右京がうなずく。

「あいつらに引きずられて破滅するのは、ご免だ。何らかの手を打たなければならんだろう。たとえ、あいつらを殺すことになるとしても、な」

二十四

鎧塚右京と霧島虎之丞が帰ると、煬帝と玄鬼斎は二人きりになる。

「あの二人を信用していいものかどうか。この頃、不審な動きが目につきます」

「そう疑ってばかりいても仕方ないでしょう。わたしも玄鬼斎先生も、失うものが何もないから純粋な志を持ち続けることができる。しかし、鎧塚は、そうではない。無役とはいえ、石高も多いし、屋敷で賭場を開帳しているから、金に困っているわけでもない。今のままでも取り立てて不満はないだろうし、何が何でも幕政改革を断行したいという考えはないのかもしれませぬ」

「鎧塚と霧島は、金目当てで同志になった者を排除せよなどと主張していたが、あいつらこそ、そういう者たちではないか。いっそのこと……」

玄鬼斎が煬帝をじろりと睨む。

「あの者たちを排除しては、どうだろう？」

「きれい事だけで世直しはできませぬ。今の幕閣は腐っている。悪徳商人と結んで私腹を肥やそうという役人ばかりです。それ故、幕政改革をしなければならぬのです。建白書を出すくらいでは、わが父のように獄殺されるだけになってしまうから、武力を背景に強く要求しなければなりませぬ。それでも幕府が変わらぬのであれば、もはや徳川幕府はいらぬ。他の者に天命が下るだけのこと」

「孟子《もうし》だな。易姓革命《えきせいかくめい》だ」

「孟子だけでは十分ではありませぬ」

「ん？」

「徳川が倒れても構わぬのです。しかし、その後を継いだ者が同じように腐っていたら、どうするのか？　そこが肝心です」

「ああ、なるほど」

玄鬼斎がうなずく。

「どうするのだ？」

「言うまでもないでしょう。その者も倒すのです」

「で、その次の者も腐っていたら？」

「それも倒します」

「何と……」

はははっ、と玄鬼斎がおかしそうに笑う。

「何がおかしいのですか」

煬帝がむっとする。

「つまり、御身が将軍にならぬ限り、世直しなどできぬということではないか」

「わたしが将軍に？」

「そう驚くことはない。信長は足利幕府を滅ぼして天下人になった。秀吉は柴田勝家を始めとする織田の同僚武将を滅ぼして関白になった。権現《ごんげん》さま（家康）は、豊臣を滅ぼして将軍になり、江戸に幕府を開いた。とすれば、江戸城にいる八代将軍を殺して、御身が将軍となり、新たな幕府を開けばよい。それほど大それた話ではありますまい」

「それは……」

煬帝が小首を傾げる。

「いくら何でも夢物語でしょう。わたしの動かす人数は、たかだか数百に過ぎません。それで天下を取れるはずがない」

「江戸には百万の民が暮らしている。彼らを兵にすればよい。女や子供、年寄りを除いても三十万くらいの男がいるだろうから」

「その者たちが、なぜ、わたしに味方するのですか？」

「今より暮らしやすくしてやると約束すればいい」

「どうすれば暮らしやすくなりますかね？」

「さあ……」

今度は玄鬼斎が首を捻る。

「とりあえず、江戸城の金蔵を襲い。そこに蓄えられている金銀をばらまけば、江戸の庶民は味方になる」

「金で買うわけですか？　まるで鎧塚ですね」

「鎧塚なら喜んで将軍になりたいと言うだろう」

「で、副将軍が霧島ですか？」

「とんでもない世の中になりそうだ」

「まったくです」

「冗談はさておき……」

玄鬼斎が真剣な顔になる。

「自分が将軍になるくらいの覚悟がないと世直しなどできぬぞ。それは間違いない」

「……」

煬帝が難しい顔で黙り込む。

二十五

のんびりした様子で、愛之助が歩いている。

検校の屋敷から井筒屋に帰るところだ。

「もし」

背後から声をかけられる。

愛之助が肩越しにちらりと振り返る。誰なのかわかっているという顔である。帰蝶だ。

「何の用だ？」

足を止めずに愛之助が訊く。

「落とし物でございますよ」

帰蝶が紙入れを差し出す。

「何の真似だ？」

押し殺した声で訊く。

「近々、またお願いすることになりそうなので、特別にお手当を下さるそうです」

「珍しいこともあるものだな。まあ、くれるというのならもらっておこう。いくら入っている？」

「十両と聞きました」

「それは気前がいいな。ありがたい」

「ひとつ言伝《ことづて》がございます」

「何だ、言え」

「身を慎んで騒ぎを起こすな、自重せよ、と」

「まるで、おれの兄の言葉のようだな」

愛之助が顔を顰める。いつも兄の雅之進から同じような諫言《かんげん》をされているのだ。

「では、また」

にこりと微笑んで、帰蝶が離れていく。

「伊賀者《いがもの》は得体が知れぬ。こっちが忘れていると姿を見せる」

紙入れを懐に入れる。

「どうかお恵み下さいまし」

薄汚い格好をした、子連れの物乞いが道端から声をかける。顔が汚れているのでよくわからないが三十前後の女に見える。一緒にいるのは四つか五つくらいの女の子だ。

「ふむ」

財布から銀の小粒を取り出して、女の手にのせてやる。

「これで何か子供に食わせてやるがいい」

「ありがとうございます」

両手を合わせ、親子揃って頭を下げる。

愛之助が離れていくと、その後ろ姿を見送りながら、

「猪母真羅め、随分と気前がいいじゃないか」

ふふふっと女が笑う。善太夫の配下の物乞いなのである。愛之助たちが丸裸にされた現

場にもいたが、もちろん、愛之助はこの女のことなど何も覚えていない。

第四部　血の収穫

一

「ああ、大変なことになった。どうしたらよいのだ……」

善太夫が両手で頭を抱え、何度となく深い溜息をつく。

桜花がものを食べなくなったのである。

愛之助に会えなければ飢え死にするというのだ。

桜花を溺愛する善太夫は、為《な》す術《すべ》なく途方に暮れている。

「そうご心配にならずとも、いずれ腹が減れば、何か口にするでしょう」

法海坊が宥めるが、

「日頃、ひたすら食ってばかりいる桜花が何も食べなくなってしまったのだぞ。どうして放っておくことができようか。何とかせぬか！　麗門愛之助をここに連れてこい。このままでは桜花が……桜花が死んでしまうではないか」

善太夫の目から大粒の涙が溢《こぼ》れる。

「……」

法海坊が言葉を失う。

特異な風貌をしているせいで善太夫を侮る者は少なくないが、身近にいる法海坊には、どれほど善太夫が頭が切れるか、よくわかる。大胆で、怜悧《れいり》で、しかしながら、仲間を家族のように大切にする。だからこそ、仲間から尊敬され慕われているのだし、法海坊も心から善太夫に心服している。

それほど優れた男なのに、こと桜花のこととなると、まるっきり阿呆《あほう》のような振る舞いばかりするのが法海坊には不思議である。どんな人間にも弱点のひとつやふたつはあるものだ、と納得するしかない。

(困ったことになった……)

じっくり時間をかけて策を練るつもりだったが、その余裕がなくなった。早急に何らかの手を打たなければならない、と焦りを感じる。

二

船宿「ひばり」。

孔雀一味の盗人宿である。

二階で孔雀と荒瀬が検校の屋敷に押し込む段取りを最終確認している。

「商家の大店ってのは、まず、家の中に入るのが大変じゃないですか。母屋は高い塀で囲まれているし、夜になると木戸には閂が下ろされる。たとえ塀を乗り越えたとしても、母屋の戸締まりも厳重だから、母屋に忍び込むのもひと苦労です。紀州屋のときもそうでしたが、中から手引きしてくれる者がいないと、どうにもなりません。母屋に入ってしまえば、あとはどうにでもなりますが……」

荒瀬が言う。

「検校の屋敷は、それほど大変でもないだろう。高い塀もないしな」

孔雀が言う。

「そうなんですよ」

荒瀬がうなずく。

「人目につかずに屋敷に近付くことさえできれば、母屋には簡単に入れそうなんです。屋敷にいる人間の数も少ないし、手強そうなのは用心棒だけですから」

「何が気になるんだ？」

「本当に大金があるんですかね？　簡単に忍び込むことができて、簡単に大金を奪えるなんて、何だか話がうますぎる気がするもんですから」

「検校の屋敷にお宝が眠ってることに、今まで誰も気が付かなかっただけだろう」

「そうだといいんですが……」

「そう心配するなよ」

「はい。飯の支度をします」

荒瀬が階段を下りていく。

（何か見落としがあるだろうか？）

二階から大川の方に視線を向けながら、孔雀が首を捻る。

確かに荒瀬の言うように簡単すぎる気もするが、検校の屋敷は商家の大店とは違うのだ。商家は、盗賊に狙われることが多いから、用心して警戒を厳重にしている。商家への押し込みは、江戸では頻繁に起こる犯罪なのである。

だからこそ、幕府は火付盗賊改方《ひつけとうぞくあらためかた》という臨時の役職まで設置して盗賊の捕縛に力を入れているのだ。

しかし、盲人屋敷への押し込みは、孔雀自身、聞いたことがない。先例がないのだ。それ故、商家ほど警戒が厳重ではないのだろう、と孔雀は思う。

（愛之助さまが屋敷にいなければいいが……）

それだけが心配である。

鯖之介と愛之助は、嘘の知らせで屋敷から誘き出すことになっているが、何かの手違いで屋敷に残っていたら、悲しいことだが、愛之助には死んでもらうことになる。

（あの猪母真羅を味わうことなく死なせるなんてあり得ない）

桜花とまぐわっていたときの、桜花の愛液で濡れて、てかてかと黒光りしていた巨大な男根が脳裏にこびりついて離れないのである。

（ああ、ほしい。ほしくてたまらない。あの猪母真羅をくわえ込みたい……）

知らずしらず、孔雀の指が股間に伸びる。

花弁は、すでにぐっしょり濡れている。

指を入れてこね回すと、思わず大きな声が出る。

「ああっ、ああっ……」

荒瀬に聞かれてはまずいと思うので、襦袢《じゅばん》の端を口に含んで強く噛む。

自分で愛撫しても、これほど気持ちがいいのだ。

愛之助の猪母真羅を挿入されたら、天にも昇るほどの快感を味わうことができるに違いない、と孔雀は恍惚としながら考える。

大川端から遠眼鏡《とおめがね》で「ひばり」の二階を眺めている男がいる。煬帝の配下である。「ひばり」には孔雀、荒瀬、次郎吉の三人しかいない。海老蔵と岩松の姿は見えないから、古手屋にいるのであろう。五人が顔を揃えたら、すぐに知らせるように命じられている。孔雀一味を皆殺しにして、紀州屋から奪った金を横取りするためである。

三

「そんなに見られたら、落ち着いて飯が食えないぜ」

奥歯で漬物を噛みながら、愛之助が言う。

愛之助が朝飯を食っているのを、お藤とお美代が並んで見ているのである。

「給仕なんかいらないんだよ」

「そうおっしゃらずに、お代わりしたければ言いつけて下さい。飯でも汁でも漬物でも菜でも」

お美代が言う。

「結構だ」

「この頃、出かけてばかりですからね。こうして先生がいて下さると嬉しいんですよ」

お藤が言う。

「そうですよ。お出かけばかり」

お美代が口を尖らせる。

「仕事さ。仕方ないだろう。仕事をしないと素寒貧なんだから」

ずるずると音を立てて、汁を飲み干す。

「お代わりをお持ちしますよ」

「もう腹がいっぱいだよ」

箸を置く。

そこに、

「先生にお客さまです」

幹太が知らせる。

「こんな早くから客だと？　誰だ」

「お坊さまです」

「は？」

愛之助が首を捻ると、

「先達ては失礼しましたな」

法海坊が廊下から声をかける。

「あ……」

愛之助がぎょっとする。

「一人か？」

「ええ、ご心配なく。話があって寄らせてもらっただけです」

「この膳部を下げてくれ。おれは、この人と話があるから」

愛之助に追い立てられるように、お美代とお藤が部屋から出て行く。幹太が膳部を運んでいく。

「なぜ、ここにいるとわかった？」

「まあ、いろいろありましてな」

にこやかにごまかす。

「見張っているわけだな。いったい、何の用だね？」

「これまでの経緯を水に流していただければと願っております。平たく言えば、仲直りさせていただきたいのです。その上で真っ当なお付き合いをお願いいたします。最初におかしな出会いをしたことがお互いにとって不幸でしたので」

「本気か？」

愛之助が驚く。あまりにも思いがけない申し出だったからだ。

「はい」

法海坊はうなずくと、刀袋から美女丸を取り出す。

懐から小判の切り餅も出す。

「麗門さまには何の恨みも蟠りもないのです。御子神検校がおかしな因縁をつけてきたので、その巻き添えになっただけのことです。わが主も麗門さまとは、これから先、末永く誼《よしみ》を結びたいと申しており、こうして、わたしが使いに参ったわけです……」

さあ、どうぞ、お受け取り下さいませ、お詫びの印でございます、と美女丸と切り餅を愛之助の方に押し遣る。

「……」

どうしようかと迷うが、くれるものはもらっておけというのが玉堂の教えである。その教えに素直に従うことにする。

「わかった。もらっておこう」

嬉しそうに美女丸を手に取り、切り餅を懐に入れる。

「では、またお越しいただけましょうか？　主が歓待したいと申しておるのですが」

法海坊が身を乗り出す。

「それは改めて考えたい」

簡単に承知できるほど、愛之助も単純ではない。危うく殺されそうになった記憶が生々しく残っているのだ。

そこに鯖之介がやって来る。昨日、久し振りに実家に戻った。今日は二人とも検校に呼ばれているから、屋敷に戻るついでに愛之助を誘いに来たのだ。

「お……この男は……」

法海坊を見て、愛之助と同じようにぎょっとする。

「そう驚くなよ」

「驚くなと言われても」

「仲直りしたいそうだ」

「は?」

「あの折は失礼しました」

法海坊が会釈する。

「美女丸を返してくれた。それに……」

切り餅を取り出して、鯖之介に見せる。

「え。それは、まさか……」

「小判だ。お詫びの印だそうだ」

「……」

咄嗟に法海坊の顔を見たのは、おれにはないのか、という期待の表れであったろう。法海坊が知らん顔をしているので、期待が失望に変わる。

「すぐに信じていただくのは難しいかもしれませぬが、わたしどもの言葉に嘘はございませぬ。集落に来るのが気が進まないのであれば、屋形船を用意しますので、そこで食事でもいかがでしょうか？」

「今すぐに返事はできんな」

「何とぞ、よろしくお願いします。また伺わせていただきます」

法海坊が腰を上げ、一礼して部屋から出て行く。

「おい、どういうことなんだよ？」

「おれにもわからんよ」

「ほんの何日か前、おれたちを簀巻きにして大川に放り込もうとした奴らだぞ。しかも、おれは薄汚い土牢に放り込まれた」

「何とか生き延びたではないか」

「あいつらが助けてくれたわけではない。助けてくれたのは孔雀という女だ」

「そうだったな、孔雀か……」

愛之助が孔雀を思い出す。

（あれは、いい女だな。一度抱いてみたいものだ）

のんきなことを考える。

「何か悪巧みがあるのではないかな？」

「ん？　何が」

「だから、あいつらさ。おまえのご機嫌なんか取りやがって、おかしいだろう」

「どんな悪巧みだ？」

「さあ、見当もつかぬが、おまえが北町奉行の弟だと知って、何かに利用するつもりかもしれないぞ」

「ふうむ……」

「相手にしないことだ。刀も戻ったことだし、もうあいつらには関わるな。君子危うきに近寄らず、というだろう」

「ふふふっ、おれは君子かな？」

「軽口を叩くな。そろそろ行こうではないか」

「気が進まんなあ。検校の仕事などしたくない」

「こいつ、さっき切り餅なんかもらいやがって。懐が温かくなったから、そんなことを言うんだろう」

「こっちがくれと頼んだわけではない。向こうが勝手に持ってきたんだ」

「二十五両か？」

「確かめてはいないが、たぶん、そうだろう」

「ちくしょう、何で、おまえだけいつもいい思いをするんだ？　女に不自由しないだけでも憎らしいのに、金にも不自由しないというのか。おまえが憎くてたまらぬ」

鯖之介が愛之助を睨む。

「とんだ藪蛇《やぶへび》だな」

愛之助が苦笑いをする。

四

「兄上、お出かけになるのですか?」

佳穂が潤一郎に声をかける。

「ん? まあな」

「お願いがあります。一緒に屋敷を出ていただけませんか?」

「なぜ?」

「母上が……」

佳穂が肩をすくめる。

「毎日のように出かけるから、母上に叱られるわけだな? しかも、女の一人歩きだし」

ふっ、と潤一郎が笑う。

「兄上と一緒に出かけるのなら、あまりうるさいことも言われませんでしょう?」

「とうの昔に親から匙を投げられた兄妹だから、少しは助け合うとするか。いいだろう。急いで支度しろよ。待ってるから」

「ありがとうございます」

佳穂が部屋に戻り、大急ぎで身支度を調える。

潤一郎と一緒だとわかると、母の菊子《きくこ》も黙って佳穂を見送った。佳穂の思惑通りである。

「お兄さま、何かいいことでもあったのですか？」

「別にないが……なぜだ？」

「この頃、生き生きしているように見えるからです」

「前は違ったか？」

「思い詰めたような暗い顔をして溜息ばかりついているような……」

「何を言うか。溜息なんかつくものか」

「……」

佳穂がじっと潤一郎の顔を見る。もしや怒らせてしまったかと危惧したが、そんなこともないようだ。機嫌よさそうに笑っている。

（何があったのだろう……？）

潤一郎は否定したが、確かに、最近の潤一郎は生気に満ちているように見える。以前は、何かというと、己の境遇を恨んで不平や不満を洩らし、溜息をつきながら愚痴ばかりこぼしていた。ついには、ご公儀を批判するようなことまで口にするようになって佳穂を心配させた。

それがなくなった。恨みがましいことを口にして自分を嘲ることもないし、ご公儀を悪く言うこともない。頻繁に外出するのは相変わらずだし、どこで何をしているのかわからないが、前向きに生きるようになってきた気がする。

「おまえこそ、どうなのだ？」

「え？　わたしが何か……？」

「惚《とぼ》けるなよ。唐沢家のお姫さまがこっそり一人歩きをして、いったい、どこに出かけている？　どこかで剣術の稽古でもしているのだろうと睨んでいるが……」

「そんなところです」

佳穂がうなずく。

「説教がましいことを言える立場ではないが、あまり母上を心配させるな。匙を投げられた兄妹と言っても、おまえは、おれよりましだ。まだ誰かが嫁にもらってくれるかもしれんからな」

「お嫁になんか行きませんよ」

「まだ二十歳じゃないか。どうなるかわからんさ」

潤一郎が足を止める。

「このあたりで別れるとするか。おれはあっちだからな」

「ありがとうございました」

「あまり遅くならないうちに帰れよ」

「お兄さまは遅いのですか？」

「わからん」

じゃあな、と手を上げて、潤一郎が離れていく。

その後ろ姿を見送りながら、

（何か、やり甲斐《がい》を見付けてくれたのであればよいのだけれど……）

そう佳穂は願わずにはいられない。

五

梅川屋の寮では正吾が待っていた。

佳穂を見ると、慌てた様子で駆け寄ってくる。

「どうかしたのですか？」

「根岸《ねぎし》の岡場所に般若党の三人が泊まっています。その中に長岡鶩之助もいます」

正吾の顔が興奮気味に火照っている。

長岡鶯之助は、正吾の幼馴染みである晋吉とお春の直接の仇なのである。長岡がお春に絡んだことが原因となって、結果的に晋吉とお春は死んだ。

「まだ、いるでしょうか？」

「何とも言えません。朝早くに出てしまえば、もういないでしょうが、あいつらは、いつもだらしなく昼くらいまで居続けることが多いのです。そうだとすれば……」

「間に合うかも知れませんね」

「はい」

「行きましょう。案内して下さい」

六

廃屋に身を潜めて、佳穂は静かに立ち合いの支度《したく》をする。袴の股立《ももだ》ちを取り、紐を襷《たすき》掛《が》けにする。額に汗止めの鉢巻きをする。

心臓が早鐘のように打っている。落ち着くのだ、と何度も自分に言い聞かせるが、そう簡単にはいかない。自然と呼吸も早くなる。

真剣を手にして、誰かと対峙《たいじ》するのは初めてである。

静香をさらおうとしていた三好一太郎と六角次郎右衛門を斬った経験があるとはいえ、それは成り行きでそうなったに過ぎず、とても立ち合いと言えるようなものではなかった。いくつもの僥倖《ぎょうこう》に恵まれて、たまたま佳穂が生き残ったに過ぎない。

三好一太郎と六角次郎右衛門は酔っていた上に、佳穂を女と侮り、最初は本気で戦おうとしなかった。油断があった。そこに隙が生まれ、その隙を衝いて佳穂が二人を倒した。

しかし、今日は、そうではない。

しっかり準備を整えて、相手を待ち伏せるのだ。

相手も油断しないだろうし、酔ってもいないだろう。

佳穂と正吾は、梅川屋の寮を出て、長岡ら三人が泊まったという妓楼に向かった。

三人はまだ妓楼にいた。

「今日も居続けるとしたらどうにもなりませんが、これから屋敷に帰るのだとすると……」

幼馴染みの復讐の機会を狙って般若党の動きを綿密に調べただけあって、正吾は何でもよく知っている。

長岡たちは一緒に妓楼を出るだろうが、屋敷のある場所が違うので、最終的に長岡は一人になるはずだ、という。ただ、一人になってから屋敷に着くまで、そう長い距離を歩くわけではないので、待ち伏せできる場所は限られる、ともいう。

そもそも、今日も居続けるようなら待ち伏せは無駄だし、徒歩ではなく駕籠で帰ったりすれば、やはり、長岡を襲うのは無理である。

正吾は、長岡を待ち伏せできそうな場所に佳穂を案内すると、

「ここで待っていて下さい。わたしは様子を探ってきますから」

廃屋に佳穂を残して出て行った。

（長岡は来るだろうか……）

来るか来ないかはっきりしないことが、佳穂の落ち着きを失わせる。来てほしいと思う反面、来なければよいのに、という気持ちもある。どちらも本音だ。

（覚悟を決めなさい）

佳穂が大きく深呼吸する。

万が一、佳穂が敗れたり、敗れなくても長岡を取り逃がせば大変なことになる。唐沢家の一人娘が男装して出歩き、同じ旗本を待ち伏せて斬ろうとしたなどと世間に知られれば、佳穂一人の問題では済まなくなる。唐沢家がお咎めを受けるかもしれないのだ。

それ故、やると決めたからには、必ず相手を殺さなければならない。

（自分の家を危険にさらしてまで、なぜ、わたしはこんなことをしなければならないのだろう？）

そういう疑問が湧いてくる。

何を今更、とは思うものの、自分の行動を否定するような弱気な発想が次々に脳裏に浮かんでくる。

喉が渇く。水が飲みたい。

しかし、何も用意していない。

些細《ささい》なことだが、こんなところにも自分の未熟さが現れているような気がして情けなくなる。

そこに正吾が駆け込んでくる。

「佳穂さま、長岡が来ます」

「……」

ごくりと生唾を飲み込み、大きく息を吐いてから、

「一人ですか？」

「はい。他の二人とは別れて、長岡が一人で来ます。駕籠に乗らず歩いています。幸い、他に人通りもありません」

「わかりました」

佳穂が立ち上がる。

七

頭巾を被って、佳穂が物陰から姿を現す。

鼻歌まじりに上機嫌に歩いていた長岡鷲之助が足を止める。目を細めて、じっと佳穂を見つめる。

「おまえ、女か？」

頭巾で顔を隠していても、体つきで何となくわかるのであろう。胸の膨らみは隠しようがない。

「……」

佳穂が頭巾を取る。女だと見破られてしまったのでは、頭巾をする意味がない。それに頭巾をしていると呼吸が苦しいし、視界も狭くなる。頭巾を被って斬り合いは無理だ。

「女のくせにおかしな格好をしているな。剣術稽古でもするつもりなのか？　いや、そうではないよな。木刀ではなく、真剣を持っているし、果たし合いでもするような姿だ。人違いではないのか？　おれはあんたを知らぬ」

「こっちは知っているぞ、長岡鷲之助」

「般若党の長岡と知った上で、おれを待ち伏せしていたわけか？」

「尋常に立ち合え」

佳穂が刀に手をかける。

「恨まれる筋合いはない、と言いたいところだが、実のところ、たくさんありすぎてよくわからぬ。般若党を恨む者は多い。おれを恨む者も多い。誰かの仇を取るつもりで立ち向かってくる者もいる。だが、おれはこうして生きている。立ち向かってきた者たちを返り討ちにしたからだ。相手が女だろうと容赦せぬ。おれに刃《やいば》を向ける者には、それ相応の報いを受けてもらう」

しゃべりながら、長岡は佳穂との間合いを測るように立ち位置を変える。さりげなく雪駄《せった》も脱ぎ捨てる。足が滑らないようにするためだ。喧嘩慣れしている。

「なあ、誰かに頼まれたのか？　勘違いではなく、おれが誰かに迷惑をかけて、おれを恨む者がいるのなら、その者に詫びたい。頭も下げるし、金も出そう。命のやり取りをすることに、うんざりしてるんだよ。おれが何をしたというんだ？　教えてくれないか」

「一年ほど前、神田明神の祭礼の日に……」

佳穂が口を開いたとき、それを待っていたかのように長岡が佳穂に殺到する。佳穂の緊張を緩めて隙ができるのを待っていたのだ。言葉を発したとき、佳穂の体からわずかに力が抜けた。そのせいで、長岡の不意打ちを食らったときに反応が遅れた。

ガシッ、という大きな金属音が響く。

長岡が振り下ろした刀を佳穂がかろうじて受け止めたのである。

しかし、すでに劣勢だ。

体力では明らかに劣っているから、ぐいぐいと力任せに押されると支えようがない。次第に体勢が崩れていく。ほんの一瞬だけ反応が遅れたことが、取り返しのつかない痛手になろうとしている。

佳穂の顔を汗がだらだらと流れ落ちる。

鉢巻きはすでにぐっしょりと汗で濡れており、汗を止める役目を果たしていない。

佳穂の背筋も汗が伝い落ちている。

「おうっ！」

長岡は気合いを発すると、力を込めて、ぐいっと佳穂を押す。

佳穂は後退り、足をもつれさせて尻餅をつく。

そこに長岡の刀が振り下ろされる。

「うっ……」

何とか受け止めたものの、長岡の刀はすぐ目の前にある。

「女だてらに刀など振り回しおって。生意気な！　かわいい顔をしているから、後で手込めにしてやる。仲間を呼んで、みんなでなぶり者にしてやるから覚悟しろ」

「……」

佳穂の息遣いが荒い。全身が強張って、腕が痺れている。必死に力を入れているが、今にも力尽きてしまいそうだ。

（ここで死ぬのか……）

諦めかけたとき、

「くそっ」

不意に長岡の圧力が軽くなる。

長岡が一歩退《ひ》いたのだ。

何が起きたのかわからなかった。

だが、すぐに、

「えいっ、えいっ」

と声を発しながら、正吾が長岡に石を投げていると気が付いた。その石を避けようと、長岡が下がったのである。

佳穂が体を起こそうとする。

長岡が佳穂を見る。

二人の視線が交錯する。

その刹那、立ち上がるような余裕はないし、そうしようとしたときに長岡に斬られると佳穂は直感する。

長岡の刀が一閃する。

地面に横になったまま、佳穂は目を瞑って刀を突き上げる。

顔が温かい。

目を開けると、ぽたりぽたりと長岡の血が佳穂の顔に滴り落ちている。

長岡の体が佳穂の上にどさりと倒れかかってくる。

「……」

佳穂の刀は長岡を串刺しにしたままだ。

自分が斬られたのかどうか、佳穂にはわからない。

「佳穂さま」

正吾が駆け寄ってくる。

長岡の体を持ち上げて横にずらし、佳穂の刀を引き抜く。佳穂の傍らに膝をついて、

「ご無事でございますか?」

心配そうに訊く。

「ええ、たぶん」

佳穂がのろのろと体を起こす。どうやら怪我はしていないようである。

「長居は無用でございます。人が来ると面倒なことになります」

正吾は佳穂をうながして廃屋に連れて行き、急いで着替えをさせる。長岡の返り血を浴

びているので、着替えなければ往来を歩くことができない。

着替えが済むと、二人はその現場を離れる。

佳穂の気持ちは沈んでいる。

(まだまだ未熟だ……)

泣きたいような気持ちである。正吾が助太刀してくれなければ、間違いなく死んでいたはずだ。死ななかったならば、長岡に捕らえられて辱めを受けていたであろう。

ふと正吾を見ると、何度も袖で目許を拭っている。

「どうしたのですか?」

「嬉しいのです」

「え?」

「これでようやく晋吉とお春に仇を取ったと知らせることができます」

正吾が噎び泣く。

「……」

自分でも意外だが、正吾が泣いて喜ぶ姿を見ているうちに、佳穂の全身に満足感と充実感が満ちてくる。

(未熟かもしれないが、それでも人助けができた。私は正しいことをした。今は、それでいいのだ。場数を踏めば、もっとうまく立ち回ることができるようになるだろう)

納得できる勝ち方ではなかったが、負けるよりはましだ、と自分に言い聞かせる。

ふと愛之助の必殺剣について考える。自分にも何らかの必殺剣があれば、これほど苦労しなくても長岡を倒すことができたのではないかと思う。

佳穂も正吾も長岡を倒したことで気分が昂揚《こうよう》してしまい、つかず離れず後をつけてくる女の姿にはまったく気が付かない。

帰蝶である。

佳穂が長岡を倒した場面も目撃した。

(急いで御前に知らせなければ)

そう思うものの、まずは佳穂の正体を探らなければ、と考える。

八

その部屋には十人ほどの若い武士たちが集まっている。誰もが緊張の面持ちである。

襖が開き、煬帝が現れると、彼らの緊張は更に高まる。

その十人の中に唐沢潤一郎がいる。生真面目な表情で、瞬きもせずに、じっと煬帝を見つめている。

潤一郎のそばに、高見沢圭次郎《たかみざわけいじろう》もいる。愛之助の嫂・吉久美を恐喝し、愛之助から手痛いしっぺ返しを受けた男だ。当然ながら、愛之助を深く恨んでいる。

高い志を持って煬帝の仲間になったわけではない。

愛之助と鯖之介に痛めつけられて、

（一人では、どうにもならぬ。仲間がほしい）

と考えた。

己の不埒な振る舞いを反省して心を入れ替えるのではなく、腕の立つ者たちと徒党を組んで、いつか二人に復讐してやろうと決めた。

最初、般若党に加わろうとした。

仲間になれば金回りもよくなるし、女も抱き放題だという。金を払わなくても、好きなだけ飲み食いできる料理屋や居酒屋もあるという。腕っ節の強い者たちも揃っているから、圭次郎の望みにぴったりである。

しかし、向こうから断られた。

旗本としての家柄は申し分ないが、圭次郎が誇ることのできるのは、それだけだ。仲間にしても何の旨味もないと判断されたわけである。

仕方なく煬帝一味に加わった。

普通のやり方で参加を申し出れば、般若党と同じように断られたであろうが、幸い、幹部の三田村俊輔が知り合いだった。圭次郎の兄と俊輔は同じ学塾に通った幼馴染みなのである。

「なぜ、圭次郎殿は仲間になりたいのだ？」

部屋住みの圭次郎が剣術にも学問にも真剣に取り組まず、放埒《ほうらつ》な生活を送っていることを知っていたから、三田村俊輔は訊いた。

「わたしは生まれ変わりたいのです……」

圭次郎は口だけは達者である。

今までの暮らしを反省し、これからは幕臣の子として、世のために尽くしたいと考えているが、そのためには、まず幕政改革をして、ご政道の誤りを正し、庶民が楽に暮らすことができるようにしたい……と心にもないきれい事をまくし立てて、三田村俊輔を煙に巻いた。人のいい三田村俊輔は、その言葉を信じ、

「ならば、わたしが推薦しよう」

と請け合い、そのおかげで圭次郎は煬帝の一味に加わることができた。

今日は仲間に加わって初めての集まりである。

酒肴でも用意されているのかと期待したが、まったくそんな気楽な雰囲気ではない。妙にピリピリしていて、圭次郎は落ち着かない。

「われらには志がある」

煬帝が口を開く。にこりともせず、厳しい表情で、言葉を続ける。われらの志を口先だけでなく、行動で示さなければならない。そうでなければ、幕政改革などできるものではない。行動には武器が必要だが、武器を揃えるには莫大な資金がいる。その資金を手に入れるために、われらは押し込みまでやった。何度もやった。ご公儀の役人と手を組んで私腹を肥やす悪徳商人どもに天誅《てんちゅう》を加え、その金を奪ったのだ。人も殺した。何人も斬った。そうしなければならないから、そうしたまでのことだ。何の後悔もない。どうか、諸君も自らの行動で気概を示してほしい。それでこそ本当の同志になることができるのだ。

「……」

圭次郎は、そわそわして落ち着きがなくなる。

尻のあたりがむずむずする。

どうも想像していたのとは違うぞ、恐ろしいことに巻き込まれてしまいそうではないか、という怖れを感じる。ちらりと横目で周囲の者たちを見ると、皆、煬帝の言葉に興奮して顔を赤くし、中には感動して涙を流している者までいる。

(冗談じゃないぞ。押し込みなんかできるものか。しくじって捕縛されれば獄門ではないか)

仲間になるのはやめます、抜けさせて下さい……そう叫びたいところである。

「明日の夜、盗賊どもの盗人宿を襲い、そこにある金を奪う。相手が盗賊だからといって怖れることはない。こちらの方が大人数だからな。言うなれば、練習稽古のようなものだ。とは言え、稽古と違うのは、相手を皆殺しにしなければならないということだ。もちろん、向こうも必死だ。黙って殺されたりはしない。死に物狂いで反撃してくるだろうから、諸君も覚悟せよ」

「……」

圭次郎は呆然とする。

（盗人宿を襲って、盗賊どもと斬り合うだと……）

正直に言えば、煬帝一味のことはよく知らなかった。般若党と同じようなものだと思い込んでいた。幕政改革を隠れ蓑にして悪事を働き、甘い汁を吸っているのだろうと想像していた。

その後、煬帝に代わって誰かが細かい段取りを説明したが、圭次郎の耳には入らなかった。まるっきり、上の空だったからだ。

話し合いが終わり、散会になっても、圭次郎はぼんやりしている。明日また、ここに集まるようにと指示されたことだけは何となく覚えている。

（困ったことになった……）

溜息をつきながら歩いていると、前方をさっきの集まりで見かけた男が歩いている。

小走りに近寄り、

「ちょっと待ってくれないか」

「……」

無言で振り返ったのは潤一郎である。

「さっき、あそこにいただろう？　おれもいた」

「ああ、そうでしたか」

潤一郎が姿勢を正して頭を下げる。圭次郎を煬帝一味の先輩だとでも勘違いしたのであろう。

「よかったら、そのあたりで一杯やらないか？」

「酒ですか」

あまり気乗りしない様子である。

「明日、命のやり取りをしなければならないわけだろう？　もしかすると、もう酒も飲めないかもしれないぞ」

「そうかもしれません」

ご一緒します、と潤一郎がうなずく。

「じゃあ、そのあたりで」

二人が並んで歩き出す。

圭次郎が潤一郎を誘ったのは、自分があまりにも煬帝一味について何も知らないので、煬帝が何をしようとしているのかを教えてもらおうと考えたからだし、明日の盗人宿の襲撃を他の者たちはどう感じているのかを知るためだった。他の者たちも尻込みして気が進まないのであれば、仮病でも使って明日は不参加にしようと思っている。

しかし、自分一人だけが不参加では目立ってしまい、後々、困った立場に追い込まれるかもしれない。

これから自分がどう行動すべきか、その判断材料を得るために潤一郎から話を聞こうというのである。

九

愛之助と鯖之介が並んで歩いている。

「潤一郎は、どうしているかな？」

「連絡はないのか？」

鯖之介が訊く。

「ない。訪ねていこうと思っているが、こっちも何かと忙しくてな」

「危うく、あの世に逝くところだったからな。潤一郎の心配をしているどころではない」

「佳穂殿は、道場に顔を見せないか？」

「おれ自身、この頃、あまり道場に行ってないので、何とも言えぬ」

「そうだな。忙しいのは、おまえも同じだったな。一緒に殺されかけたのだから」

「今日、道場に寄りたかったが、できるだけ早く屋敷に戻れと検校さまに命じられたからな。母に金を届けて、飯を食って四方山《よもやま》話をしたら、もう時間がなくなった」

「そんなに急いで呼び戻す必要などないだろうに」

「あれ以来、検校さまは、すっかり用心深くなってしまった。おれは臨時の用心棒として雇われているだけだが、常勤になって住み込みで働いてもらえないかとまで言われている。仕事があってもなくても一日に二分くれるそうだ。取り立てに行くときや岡場所に付き添うときは、それとは別に手当をくれるという」

「常勤になれば、最低でも月に十五両になるな。それ以外の手当を合わせれば、軽く二十両……いや、三十両くらいにはなりそうじゃないか。あの吝い検校がそんなに気前のいい申し出をするとは、よほど薬が効いたようだな」

愛之助が笑う。

「まったくだ。効き過ぎたかもしれぬ。命のありがたみが身に沁みたらしい」

「おまえを急いで呼び戻すのはわからないでもないが、おれにまで何の用があるのかな？聞いているか」

「いや、わからぬ」

「まさか、おれにも常勤になれというのかな」

「かもしれぬ」

「あまりありがたくはないな」

「三十両だぞ」

「あの屋敷に毎日いたら息が詰まってしまう。おれには井筒屋の離れが似合っているのさ」

「のんきな奴だ。何だかんだ言っても、おまえには金の苦労はわからんのだ。なるほど、切り餅をもらったから、そんなことを言うわけか。そうか、なるほどなあ……」

鯖之介が目を細めて愛之助を見る。

「違う。そうではない」

と否定しながらも、実際、善太夫のくれた二十五両に帰蝶が渡してくれた十両があるから、かなり懐は温かい。当面、楽に暮らすことができる。検校に顎で使われる必要などないのだ。

十

玄関から案内を請うと、香澄が出てくる。

「あら、愛さま、それに天河先生」

「どんな様子だ？」

愛之助が訊く。

「検校さまですか？　ものすごく機嫌がいいんですよ。わたしにも優しいし、気味が悪いくらい」

「ふんっ、すっかり人が変わったか」

「命ほど大切なものはない。死んだら、おしまいだぞ。命に比べたら、金なんかどうでもいいなんて……」

「そう言ったのか？」

「ええ」

「やっぱり、頭がおかしくなったらしい」

愛之助が鯖之介を見る。

「悟ったのであろうよ」

「釈尊《しゃくそん》は菩提樹《ぼだいじゅ》の下で悟ったというが、御子神検校は土牢の汚水にまみれて悟ったわけだな」

「ふざけたことばかり言うな」

鯖之介が嫌な顔をする。

香澄に案内されて座敷に入ると、上座に検校、その傍らに仁王丸がいる。

「おお、来たか。待っていたぞ」

「何か急ぎの用なのでしょうか？」

愛之助が訊く。

「仁王丸」

検校が顎をしゃくると、仁王丸が三方を手にして二人の前に進む。三方を置いて下がる。

「……」

愛之助と鯖之介の視線が三方に載せられている小判に吸い寄せられる。

「取っておくがいい。十両ある。それぞれ五両ずつだ」

「何かの取り立ての前金でしょうか？」

「そうではない。この前、三両を取り上げたが、それを返すことにした。返すだけでなく、二両ずつ上乗せすることにした」

「え、なぜですか？」

「おかしな奴だな。手間賃を増やしてやったのに何の不満がある？」

「そうではなく……」

「ありがとうございます」

愛之助の袖を引いて黙らせると、鯖之介が大きな声でお礼を口にする。

「大変嬉しく思います。ありがたくちょうだいいたします」

三方に手を伸ばし、自分の五両をつかみ取る。検校の気が変わらないうちに懐にしまっておこうというのであろう。

愛之助がまた口を開こうとすると、鯖之介が愛之助の脇腹を肘でつき、怖い顔で睨む。余計なことを言うな、というのだ。

「今日のご用は、これだけでしょうか？」

鯖之介が訊く。

「夕方になったら仲町に行く。一緒に来い」

「わたしたち二人ですか？」

「そうだ。馳走《ちそう》してやろう。酒と料理と妓を、な」

「おおっ」

鯖之介が素直に喜びの声を発する。

（どうなっている？）

吝嗇で狡猾《こうかつ》な検校が急に人のいい好々爺《こうこうや》に変わったようで、狐《きつね》か狸《たぬき》に化かされているのではないか、と愛之助は首を捻る。

十一

先触れを走らせておいたので、愛之助たちが桔梗屋に着くと、すぐさま主の惣兵衛が店先に出てくる。惣兵衛自身が出迎えるというのは、かなりの厚遇である。

「ようこそ、お出でなさいました」

「支度はできておるか？」

「はい、申しつけられました通りに」

「うむ」

「こちらへ」

女童が検校の手を取って案内する。

「待て」

検校が振り返る。

「今夜は、おまえたちも一緒だ。こっちに来るがいい」

「え」

愛之助が驚く。

いつもは検校が宴《うたげ》を楽しんでいる間、愛之助は鈴風の部屋で過ごす。宴席に呼ばれるのは初めてである。もちろん、鯖之介もだ。

「さあ、麗門さま、あちらにどうぞ」

惣兵衛がうながす。

「よほど機嫌がいいらしい」

ふと鯖之介を見ると、顔を真っ赤にして、足取りが覚束《おぼつか》ない。まるで酔っているかのようだが、まだ酒は飲んでいない。舞い上がっているのであろう。

「おい、どうした？」

「自分でもわからぬ。まるで雲の上でも歩いているかのように、妙にふわふわした感じだ」

「落ち着けよ。酒を飲んで、うまいものを食うだけだ」

「妓もいるんだろう？」

「ああ、検校さまお気に入りの妓がな。おまえにも誰かあてがってくれるだろう」

「懐には五両あるが、その程度では、この店で遊ぶことはできんのだろうな」

「それは無理だな。五十両は要《い》るだろう」

「はあ……。世の中には、そんな大金を遊興に使える人間がいるのだなあ」

鯖之介が深々と溜息をつく。

座敷には豪華な食事と高級な酒が用意されている。

「遠慮はいらぬ。好きなだけ飲んで食べるがいいぞ」

検校が勧める。両手をぱんぱんと叩き、賑《にぎ》やかにやれ、と幇間《ほうかん》や女童に命ずる。

早速、音楽が奏でられ、中央で舞いが披露される。

「何て、うまい酒なんだ。それに、この料理……ああっ……」

鯖之介が目を瞑る。

「どうかしたのか？」

「母にも食べさせてやりたいと思ってな。いつも麦飯と大根の漬物ばかり食っている。せいぜい、十日に一度くらい痩せ魚の干物を食うくらいだな。こんな刺身など、たぶん、何年も食ってないだろう。鮑《あわび》など生まれてから一度も食べたことがないかもしれぬ。煮染《にし》めもうまい。尾頭付きの鯛の塩焼きか。箸をつけるのがもったいない。土産《みやげ》に持って帰りたいなあ。きっと驚くだろう」

「五両あれば、いくらでも好きな物を食える。ここから土産を持ち帰るような、みみっちい真似をするな」

「そうだな」

鯖之介がうなずく。

そんな話をしていると、すももに先導されて美吉野が現れる。

「……」

鯖之介がぽかんと口を開け、箸を手から落とす。

「おれは浦島になった気がする」

「ん？」

「ここは竜宮城ではないのか。あれは乙姫《おとひめ》さまだろう？」

「何を言ってるんだ。ふざけるなよ」

「夢ではないと言ってくれ」

「夢ではない」

「信じられぬ。殴ってくれ」

「いいのか？」

「うむ」

「行くぞ」

愛之助が鯖之介の横っ面をがつんと殴る。

「おおっ、痛いぞ。かなり痛い。と言うことは、やはり、夢ではないのだな……」

こんな世界があることを知らずに生きてきたおれの人生は、いったい何だったのだ、と鯖之介が首を捻る。

「あまり難しく悩むなよ」

愛之助が笑う。

美吉野が検校の隣に腰を下ろすと、

「そこにいる二人、麗門愛之助と天河鯖之介は、わしの命の恩人なのだ……」

絶体絶命の窮地から二人がわしを救い出してくれたのだ、と二人の働きを賞賛する。

「本当に人が変わったのかな？」

検校に誉められることなど滅多にないから、愛之助も苦笑いするしかない。

「麗門さま。ちょっとこちらへ」

すももが背後から耳打ちする。

「うむ」

愛之助が腰を上げて廊下に出る。

欄干のそばに惣兵衛がいる。困惑顔である。

「何か用かね？」

「美吉野を自分の席に呼びたいというお客さまがいらっしゃいまして……」

「またか」

愛之助が顔を顰める。

以前、同じようなことがあった。それが原因で雨海藩と悶着を起こしたのだ。

「今日は断るしかないだろうな。検校さまはあれほど上機嫌だし、そもそも、ここに来たばかりだ。諦めてもらうか、待ってもらうしかないであろうよ」

「そのお客さまなのですが……」

「ん？」

「麗門さまのお父上なのです」

「何だと？」

思わず大きな声を出す。その声を検校が聞きつける。目が不自由なので、その分、聴覚が研ぎ澄まされているのだ。

「愛之助、何事だ？　なぜ、廊下でこそこそ桔梗屋と立ち話などしている」

「あ、いいえ……」

「二人ともこっちに来い」

「はい」

愛之助と惣兵衛が座敷に入る。

「何かあったのか？」

「はあ……」

美吉野を回せという客がいて、しかも、それは麗門さまのお父上なのです、と惣兵衛が説明する。

「愛之助の父親が？」

「気になさらないで下さい」

愛之助が言う。

「ならば、ここに来てもらうがよい。共に飲もうではないか」

検校が誰かを宴席に誘うというのも前代未聞である。

「よろしいのですか？」

惣兵衛が小声で愛之助に訊く。

「父が来たいと思えば来るだろうし、嫌なら来ないだろう。勝手にするさ」

「では、伺って参ります」

一礼して、惣兵衛が座敷から出て行く。

しばらくして、惣兵衛に案内されて玉堂が現れる。

（来たのか）

愛之助が顔を顰める。

「おおっ、愛之助、奇遇よのう」

わはははっ、と豪快に笑う。

「検校さま、すみませぬな。お楽しみのところにお邪魔して」

「なあに、構いませぬよ。今夜は愛之助の慰労に来たようなものですからな」

検校が機嫌よく答える。

「ほう、慰労ですか。それは、どういうわけですかな？」

「まずは、こちらへ」

検校が手招きする。美吉野を間に挟んで、検校が美吉野の右側、玉堂が左側に坐る。

すぐに玉堂にも酒と料理が用意される。

「実はですな……」

善太夫から取り立てをしようとしてしくじった経緯を、検校が玉堂に説明する。

「ほうほう、そんなことがあったのですか」

二人が楽しそうに語り合う。

さりげなく、検校が美吉野の右手を、玉堂が左手を握っている。

「……」

美吉野が恨めしげに愛之助を見つめる。

愛之助はひどく居心地が悪い。

鯖之介の左右にも美しい妓たちがいて、愛想よく話しながら鯖之介に酌をしたり、料理を取り分けたりする。

鯖之介は鼻の下を伸ばして、完全に腑抜け状態である。

仁王丸は黙々と食い続けている。いくらでも食えるから満足そうだ。

楽しんでいないのは愛之助だけである。

（なぜ、おれは、こんなところでまずい酒を飲まなければならぬのか？）

検校と玉堂の鞘当てを眺めるのも不愉快だし、美吉野に恨めしげに見つめられるのも気分が悪い。

だんだん腹が立ってくる。

盃を置いて立ち上がる。

「どうした、愛之助？」

玉堂が訊く。

「厠です」

そう言い捨てて座敷を出る。

本当は、このまま帰るつもりである。

すももが追ってくる。

「これを」

美吉野姉さんからです、と書き付けを渡す。

「……」

開いてみる。また和歌である。

愛之助には意味不明だ。捨ててしまおうとするが、それが見付かれば、また騒ぎになりかねないから、仕方なく懐にしまう。

廊下を渡っていくと、

「愛さま」

物陰から鈴風が声をかける。

「おう、どうした？」

「今夜は、わたしの部屋に来て下さらないんですね」

「検校に呼ばれていた。退屈だから、もう帰ろうかと……」

「ひどい」

鈴風が泣き出す。

(まったく、どいつもこいつも……)

愛之助の方が泣きたくなる。

「もう泣くな。おまえの部屋で飲み直すとしよう」

「本当ですか？」

「ああ」

「嬉しい」

涙を拭って破顔する。

十二

翌朝。

法海坊が善太夫に愛之助を訪ねたことを報告する。集落に呼ぶのは難しそうなので、屋形船での接待を申し出た。考えておくという返事である。刀と切り餅を差し出し、快く受け取ってもらえたから、これまでの経緯を水に流してくれたはずであり、もう怨恨は残っていないはずだ……。

「で、どうなるのだ？」

「それは、まだ何とも……」

歯切れが悪い。

「桜花が死んでしまうではないか！」

依然として桜花は何も食べないのである。

法海坊とすれば、本当にひもじくなれば何か食べるだろうから、それほど心配することはないと高を括っているが、それを口にするわけにはいかない。

「北町奉行の弟でなければ、力尽くでさらってくるのだがのう」

「それはまずいので、他のやり方を考えなければなりませぬな」

「だから、何か手立てを考えよというのに」

「弱味でもないかと探っているのですが……」

「何かあるのか？」

「まだ何とも言えませぬが、ひとつ気になることがあるのです」

「何だ？」

「はい……」

愛之助と帰蝶の関係について説明する。愛之助を見張っていた物乞いが帰蝶をつけたが、途中でまかれてしまったという。それだけでも、ただ者ではないとわかる。

「どうも伊賀者ではないかと思われるのです」

「隠密か？」

「そうかもしれませぬ」

「名門・麗門家の次男で北町奉行の弟、あくどい検校の用心棒、その上、隠密とも繋がりがあるのか。麗門愛之助とは何者なのだ？」

「さあ……」

「面白い男だな。もっと詳しく探るがよい」

「はい」

「それにしても困った。あの大食いの桜花が何も食わぬとは……。それほど麗門に恋い焦がれているのか」

　善太夫が深い溜息をつく。

十三

　愛之助たちは、町木戸が開くのを待って桔梗屋を出た。

　検校は駕籠の中で居眠りしているし、鯖之介は寝惚《ねぼ》け眼《まなこ》で足許が覚束ない。

　普段と変わらないのは、愛之助と仁王丸だけだ。

　愛之助は鈴風の部屋で過ごし、深酒もせず、あまり遅くならないうちに寝たので、いつもの朝と同じ様子である。

　仁王丸もそうで、香澄以外の女には欲情しないらしく、桔梗屋では飲み食いするだけだから、あまり羽目を外すこともない。

　座敷では、深夜まで大騒ぎだった、と帰り際にすももが教えてくれた。

　玉堂と検校がどう折り合いをつけたのか愛之助は知らないし、知りたいとも思わない。興味がないのである。美吉野を巡る争いに巻き込まれるのは嫌だし、懐も温かいので、しばらく検校の仕事を引き受けるのをやめようかと思案する。検校と関わらなければ、愛之助が桔梗屋に来ることもないからだ。

屋敷に着くと、検校は奥に引っ込んで二度寝をする。これも珍しいことで、これまでは岡場所で遊んだ翌日もきちんと取り立てに出かけるのが常だった。

（本当に人が変わったようだな。これでは、ただの好色なじじいではないか）

それがいいことなのかどうか、愛之助にはわからない。

検校は莫大な財産を所有している。あくせく働かなくても、死ぬまで贅沢三昧《ざんまい》の生活ができるのだ。親兄弟も妻子もいないから、身内に財産を遺《のこ》すこともできない。生きているうちに使わなければ、いくら財産があったところで何の意味もない。そのことにようやく気が付いたのか、とも思う。

「愛さま、検校さまも天河さんも寝てしまったわよ。わたしの部屋に来ない？」

香澄が流し目で誘ってくる。

「結構だ。おれは帰る。しばらく、ここには来ないつもりだ」

じゃあな、と手を振って、愛之助が屋敷を後にする。

真っ直ぐ井筒屋に帰るつもりだったが、ふと、玉堂はちゃんと帰ることができただろうか、検校が疲れ切って二度寝しているとすれば、玉堂もふらふらなのではなかろうか、と気になる。美吉野を巡る争いに興味はないが、やはり、父親のことは心配なのである。

十四

「検校は仲町から朝帰りしたようですね」

荒瀬が言うと、

「そうか」

孔雀がうなずく。

昨日、検校たちが桔梗屋に入り、泊まりにしたことは調べがついている。かなりの大騒ぎだったこともわかっている。

「気が緩んでいるでしょうね。こっちには、ありがたい。ただ……」

「何だ？」

「この期に及んで、こんなことを言うのもどうかと思うんですが」

「何だ、言ってみろ。おれたち二人しかいないんだしな」

海老蔵と岩松は台所で飯を食っているし、次郎吉は屋形船の掃除をしている。押し込みの当日とはいえ、できるだけ普段と変わらない生活を送るように心懸けているのだ。表向きは、あくまでも船宿だからである。二階にいるのは孔雀と荒瀬だけだ。

「検校の屋敷ですが、どれくらいのお宝があるんですかね？」

「それは金蔵を覗くまではわかるまいよ」

「そうなんですが……」

商家を襲うときは、事前に内部情報を入手し、どれくらいの金があるかを見極めるようにしている。孔雀一味に限らず、場数を踏んだ盗賊であれば、誰でもやることである。せっかく押し込んだのに、金蔵が空だったのでは笑い話にもならないからだ。それ故、時間も金もかけて調べる。

紀州屋のときも、そうだった。きっちり調べた。

にもかかわらず、期待外れの結果に終わった。

手間暇かけたからといって、うまくいくとは限らないのである。

今回は、孔雀が思い立ってから押し込みまでの時間が短いので、下調べすらきちんとできていない。それでも荒瀬ができる限り調べたが、検校の屋敷に大金があるという話はどこからも聞こえてこなかった。

「あれだけの分限者だ。商家の大店とは違うだろうが、屋敷にまったく金がないということはないだろう」

「そう思いますが……」

「二千両あればありがたいし、一千両でも文句は言えない。それも無理だろうか？」

「そんなことはないとは思いますがね」

荒瀬も歯切れが悪い。

「おまえがどうしても反対だというのなら……」

「いいえ、反対しているわけではありません。余計なことを言って申し訳ありません」

「……」

孔雀自身、いつもと勝手が違うと感じている。

愛之助のせいで目が曇っているのではないか、と感じることもある。

（今夜だけだ。明日になれば、いつもと同じだ。金を手に入れて、あの猪母真羅を味わうこともできるだろう。大丈夫だ。何も心配ない）

そう自分に言い聞かせる。

十五

「どうやら、腰抜けはいなかったようですな。昨日の話を聞いて尻込みする者が一人くらいはいるだろうと思ってましたが」

鎧塚右京が言う。

「それは、よかった」

煬帝がうなずく。

新参者ばかりを集めた昨日の会合で、明日は盗人宿を襲撃して金を奪う、と告知した。明らかに動揺している者が何人かいたので、一人か二人は脱落するのではないかと煬帝も危惧していた。

だが、全員が集まっているという。嬉しい誤算である。

襲撃は夜だが、早朝に集めたのは、ある意味、体のいい監禁である。新参者ばかりなので、いざというときに、やはり無理だと逃げを打つ者がいないとも限らない。場数を踏めば、だんだん慣れてきて度胸もつくが、最初は誰でも臆病になるものだ。一箇所に皆を集めれば、連帯感と安心感が生まれる。

昨日は茶の一杯も出なかったが、今日はそうではない。酒と肴が用意されている。酒を飲ませることで、新参者たちの緊張感を緩め、恐怖心を和らげるためだ。飲み過ぎたのでは襲撃で役に立たなくなるから、部屋の隅に霧島虎之丞が坐り込んで、あまり羽目を外さないように見張っている。

「昨日は、ごちそうになりました」

潤一郎が徳利を手にして圭次郎に近付く。

「ああ、いや、こちらこそ」

昨日、潤一郎を縄暖簾に飲みに誘って、圭次郎が奢った。

潤一郎は問われるままに幕政改革について熱く語り、煬帝一味の恐るべき陰謀についても圭次郎に教えた。

（馬鹿な。信じられぬ。幕政改革を唱えて武装蜂起するだと？　うまくいくはずがない。しくじって捕らえられれば斬首ではないか）

圭次郎は腰が抜けるほど驚いた。

どうすれば抜けられるだろうかと思案した。

さりげなく仲間を抜けられるのかと問うと、裏切り者は成敗される、と潤一郎は答えた。

（抜けられぬ）

泣きたくなった。迂闊な振る舞いをすれば、煬帝一味に殺されてしまうと言うことだ。

ふと思いついたのは、この陰謀を幕閣に訴え出れば、出世の糸口になるのではないか、ということである。そのためには煬帝一味の動きや謀反の企《たくら》みについて、もっと詳しく探り出す必要がある。

だから、今日もやって来た。

剣術にはまったく自信がないから、盗賊どもと斬り合うと考えただけでめまいがしそうになるが、

（唐沢のそばにいれば大丈夫だろう。剣術が得意だというしな）

潤一郎のような単純な熱血漢を丸め込むのは、圭次郎にとっては赤子の手を捻るようなものである。幕政改革のことなど何もわからないし、そんなことに命を賭けるつもりもな

いが、適当に相槌《あいづち》を打っているうちに、あたかも百年の同志のように潤一郎は圭次郎に親しみを見せるようになった。

「どうぞ」

「すみませんな」

圭次郎が潤一郎の酌を受ける。

「では、わたしも」

「ありがとうございます」

圭次郎も酌をしてやる。

盃を重ねながら、潤一郎はまたもや幕政改革について熱く語り始める。

(馬鹿がいる)

うんざりしながら、しかし、にこやかな笑みを絶やさず、潤一郎の話に圭次郎は耳を傾ける。

十六

「父上は帰ってきたか?」

廊下を渡っていきながら、先導する山尾に愛之助が訊く。

「はい。今朝早くにお帰りになりました。今は休んでおられます」

「いい年をして元気なことだ」

「その血を愛之助さまも引いておられましょう」

「嫌みか？」

「いいえ、別に」

「……」

ゆうべ、鈴風と激しくまぐわった後なので、山尾の豊満な体を前にしても猪母真羅は反応しない。

だから、愛之助も山尾を誘おうとしない。

山尾とすれば、それが不満だから嫌みのひとつくらい言いたくもなるのであろう。

座敷では吉久美が進吾を遊ばせている。

「あら、愛之助殿、随分と早いのですね。それとも、深川から真っ直ぐ、ここにいらしたんですか？」

「え」

「父上から聞きました。楽しく過ごしたそうですね」

「……」

「朝ごはんは食べたのですか？」

「いいえ」

「何か用意してあげてちょうだい」

吉久美が山尾に言いつける。

ちらりと愛之助を睨んで、山尾が座敷から出て行く。

「進吾、元気にしているか？」

愛之助が進吾を抱き上げる。

「うん」

進吾が嬉しそうにばたばたと手足を振り回す。

その拍子に、愛之助の懐から美吉野の書き付けが落ちる。吉久美が拾い上げる。

「返して下さい」

「いいじゃありませんか」

勝手に読み始める。

「あら、また歌なのね」

「ああ、歌ですか」

「読んでないんですか？」

「読んでません。捨てるつもりでした。わたしには、どうでもいいものなので」

進吾を下ろし、あぐらをかいて坐る。

吉野河　いはきりとおし　行く水の
　　おとにはたてじ　こひは死ぬとも

吉久美が和歌を口にする。

二度口ずさんで、

「何と、哀れな……」

と大きな溜息をつく。

「どんな歌なんですか？」

「また『古今和歌集』ですよ。よほど学問のある女の人に好かれているみたいですね。たとえ、あなたさまに恋い焦がれて死ぬようなことになろうとも、決して噂になるような真似はいたしませぬ……そう訴えている悲しくて辛い歌ですよ。どうして気持ちに応えて下さらないのですか、という恨めしさも滲んでいますね」

「そうなんですか」

まったく興味のなさそうな顔である。

「あまり女の人を泣かせてばかりいると、そのうちに愛情が憎しみに変わって、恐ろしい呪いの歌を送られてしまいますよ。女は怖いんですからね」

「わたしは何もしてませんよ。向こうが勝手に言い寄ってくるだけです」

「そういう言い方は、ちょっと傲慢ね」

「だけど、本当なんです。正直に言えば、かなり迷惑しているくらいでして」

「まあ、呆れた人ね」

そこに山尾が膳部を用意して運んでくる。

「どうぞ」

「うむ、うまそうだ」

箸を取って、早速、食べ始める。

「兄上は、たまには帰って来るのですか？」

「いいえ、全然」

吉久美が首を振る。

「嫂上の方から出かけていけば、どうですか？　進吾だって父親に会えなければ淋しいでしょう」

「そんなことをして喜ぶ人だと思いますか？」

「……」

そう言われると返す言葉がない。なるほど、雅之進と吉久美の夫婦仲は冷え切っているのだなあ、と察せられる。

飯を食い終わると、

「じゃあ、帰ります」

と腰を上げる。

「あら、父上に会わなくてもいいんですか？」

「無事に屋敷に戻ったのなら、それで結構です。別に話すようなこともありませんから」

では、これにて、と一礼して座敷から出て行く。

十七

井筒屋の店先では松之輔が忙しげに立ち働いている。

「おう、精が出るな」

愛之助が声をかけると、

「ああ、愛之助さま、お帰りなさいませ」

松之輔が丁寧に腰を屈めて挨拶する。

「いい酒が入りました。後でお持ちします」

「すまないな」

そこに、

「余計なことを言うな」

渋い顔で宗右衛門が現れる。

「酒など持っていかなくていい。どれだけツケが溜まっていると思っているんだ」

「朝っぱらから、そんな小言を言わなくてもいいでしょう」

宗右衛門の後ろから現れたお藤が助け船を出す。

「いくらだ？」

「は？」

「ツケだよ」

「え～っと、ざっと七両一分か二分ほどにもなるでしょうか」

「ほら」

愛之助が懐から小判を八枚取り出して、宗右衛門の手に押しつける。

「これで払う。釣りはいらん」

「……」

宗右衛門が目を丸くする。

部屋でくつろいでいると、お藤とお美代が酒と肴を運んでくる。

「どうしたんですか、先生、あんな大金？」

お藤が訊く。

「おとっつぁんがびっくりしてたわ。これで、しばらくは嫌みも言えないわね」

「ええ、そうね」

お藤とお美代が顔を見合わせて笑う。

「先生、どうぞ」

お藤が酌をする。

「すまんな」

くいっと飲み干す。

「今度は、わたしよ」

お美代が酌をする。

二人に酌をされて飲んでいるうちに、体が温かくなって気持ちよくなってくる。

「もういい」

お盆に盃を伏せると、寝る、と横になる。

そこに幹太がやって来て、

「検校さまのお使いがいらしてますが」

「追い返せ」

目を瞑ると、すぐに寝息を立て始める。

十八

「なぜ、愛之助は来ない？」

検校は苛立っている。

「もうすぐ来ると思うのですが……」

鯖之介が答える。まだ顔色がよくない。二日酔いのせいであろう。

「……」

検校が不機嫌そうに黙り込む。

二度寝から目覚め、取り立てに行こうと考えたが、愛之助がいないことに気が付いた。香澄に確認すると、朝早く帰ったという。仁王丸と鯖之介の二人だけでは不安なので、愛之助に使いを出した。

しかし、まだ来ない。苛立ちが募る。

自分では認めたくないことだが、善太夫の集落で殺されそうになってから、すっかり臆病になってしまった。

今日は三十両ほどの取り立てに行くつもりだったが、

（わずか三十両ではないか……）

その程度の端金のために出かけるのが億劫になってくる。たとえ愛之助が来たとしても出かけるのは夕方になってしまうし、そうなると屋敷に戻るのは夜になる。

「今日は、やめる」

「え、よろしいのですか？」

鯖之介が驚く。

「そう言っておる」

「出かける支度はできておりますが」

「くどいわ。行かぬと言ったであろうが」

声を荒らげて、検校が奥に引っ込む。

「……」

鯖之介が黙り込む。

（やはり、様子がおかしい……）

たとえ出かけなくても日給をもらうことはできるが、取り立てに付き添えば手当が増える。それがなくなるのは惜しい。

検校がこんな有様では、もう引退すると言い出して、お払い箱になりかねない。どうすればいいかわからないので、愛之助の考えも知りたい。鯖之介よりも、愛之助の方が検校との付き合いは長いのだ。

急いで手紙を書き、愛之助に使いを出す。検校さまのためではない、おれのためだと思って、屋敷に足を運んでほしい、伏してお願いする……そんな内容である。

十九

酒を飲んで昼寝をしたら気分よく目覚めることができた。今日はもう外出しないと決めて、暇潰しに赤本を読む。そこに鯖之介の使いが手紙を持ってきた。

「馬鹿野郎め、すっかり検校の腰巾着になりやがって」

手紙を読むと、愛之助は腹を立てる。誰が行くもんか、と手紙を放り出し、寝転がって赤本を読む。

しかし、話の筋に集中できない。

(あいつ、本気で常勤になるつもりなのかな)

無役の御家人とはいえ、鯖之介は歴とした幕臣である。旗本も御家人も家禄だけでは食えず、何らかの役に就かなければ生活が立ち行かない時代である。

それ故、誰もが副業に励む。

そういう事情がわからないわけではない。生きていくためである。家族を飢えさせないためである。

だが、常勤となれば、もはや副業とは言えない。

正業ではないか。

そこまでするのなら、いっそ御家人をやめてしまえばいいではないか、その方がよほど潔い、と愛之助は思う。

（あまりにも長く貧乏してきたから、自分でもどうしていいのかわからないのかもしれぬ）

同情すべき点もあるから、愛之助がとやかく口出しはできない。

しかし、常勤として検校の用心棒を務めるのなら、せめて、おれを巻き込むのはやめてほしい、自分だけで勝手にやってほしい、と思わずにいられない。

「どうしたんですか、こんな暗い中に？」

お藤が部屋に入ってきて、行燈に火を入れる。

「気が付かなかった」

体を起こす。すっかり暗くなっている。

「もうお出かけにならないのなら、母屋で一緒に食事でもいかがですか？　先生がツケを払って下さったので、うちの人も上機嫌ですし」

「うむ、そうだな」

と、うなずいてから、ふと、

「この頃、鯖之介とは会ってないのか?」

と訊く。

「嫌だ。何でそんなことを言うんですか」

慌てて周囲を見回す。

お美代や宗右衛門に聞かれたら大変だ、と心配なのであろう。

「あいつは未練たらたらのようだぞ」

「困るんですよね」

ふーっとお藤が溜息をつく。

「いろいろ苦労してきた奴だし。女の扱いに慣れていないのもわからないではないが……」

「そういうことも大切ですよ。男と女なんですから。だけど、それだけじゃないんです。天河さんと話していてもつまらないんです。楽しくないんです。自分のことばかり話すんですけど、それが苦労話ばかり。愚痴ばかり聞かされていると、こっちも疲れるし、気が滅入ってくるんです。一緒にいると時間を無駄にしている気がするんですよね」

「なるほど……」

そう言われると、愛之助も納得できる。

愛之助自身、お藤と同じことを感じることがあるからだ。同じ道場で修行してきた仲だし、剣術に関しては見所があるから、友達付き合いを続けているものの、剣術が下手だったら、とっくの昔に絶縁していたかもしれない。

「お腹が空いたら、向こうにいらして下さいね」

お藤が部屋から出て行く。

（行くか）

もう出かけないつもりだったが、お藤の話を聞いて鯖之介が哀れになってきた。一緒に酒でも飲みながら、常勤になることを話し合おうと考える。

二十

手持ち無沙汰で部屋でごろごろしていると、

「天河さん、お客さまですよ」

香澄が呼びに来る。

「おれに客？　誰ですか？」

「花房町の道場から来たとおっしゃっていますが」

「え」

鯖之介が跳ね起きる。陵陽館からの使いということだ。慌てて玄関に走る。

見たことのない若い男が待っている。

次郎吉である。

まさか、この純朴そうな顔をした若者が盗賊の手下だとは鯖之介には想像もできない。

「道場からの使いだと聞いたが？」

「如水先生が病で倒れました。一刻を争うので、急ぎ、道場に来ていただきたい、と伝えるように頼まれました」

「何だと、先生が？」

「どうか、お急ぎ下さい」

「そんなに悪いのか？」

「詳しいことはわかりませんが、医者は、今夜が山だと言っているそうです」

「今夜が山？　信じられぬ」

鯖之介が愕然とする。

「わたしは他にも知らせるところがあるので、これで失礼します」

頭を下げて、玄関から出て行く。

「大変なことになった……」

混乱して、おろおろする。

「どうかなさったんですか？」

香澄が訊く。

「わたしの剣術の師匠が病に倒れたそうなのです。道場に行かなければなりませぬ。検校さまにお願いしなければ……」

「寝てますよ。起こすと機嫌が悪くなるから、わたしから後で伝えておきます。そういう事情なら、検校さまもわかって下さるでしょう」

「かたじけない」

「早駕籠を頼むといいですよ」

「そうします。あ……」

ふと思いつく。

「愛之助が来るかもしれません。たぶん、愛之助のところにも使いが行ったでしょうが、万が一、まだ知らないようであれば、香澄さんから伝えてもらえませんか」

「承知しました」

「よろしくお願いします。支度をして、すぐに出かけます」

どたどたと廊下を踏み鳴らして、鯖之介が自分の部屋に戻る。

その頃、愛之助は井筒屋を出て、検校の屋敷に向かってのんびり歩いている。特に急いではいない。

検校に呼ばれたから行くのではなく、鯖之介に会いに行くのだ。酒を酌み交わしながら、二人で夜を過ごそうと考えているから、急ぐ必要はないのだ。

二十一

孔雀一味は薬研堀《やげんぼり》の近くの暗がりに身を潜めている。黒装束である。押し込むときには覆面で顔を隠す。

そこに次郎吉が戻ってくる。

「どうだった？」

荒瀬が訊く。

「うまくいきましたよ。大慌てで出かけていくのを見届けました」

検校の屋敷の外で、鯖之介が出かけるのを確認してから戻って来たのである。

「よくやった。おまえも着替えろ」

次郎吉を誉めて、荒瀬が孔雀に顔を向ける。

「あと半刻（一時間）ほど待てば、往来に人通りもなくなるだろう。それから押し込む」

孔雀が言うと、皆が黙ってうなずく。

二十三

早駕籠に揺られながら、ふと、

（愛之助のところに知らせは行っただろうか？）

と、鯖之介は気になる。

鯖之介は陵陽館で師範代を務めている。

だから、検校の屋敷にまで知らせてきたのかもしれない。

愛之助は門人の一人に過ぎないから、わざわざ使いを走らせていないかもしれない。

（寄っていくか）

万が一、如水の容態が悪く、死に目に会えないような事態になったら愛之助に申し訳ないという気持ちになる。遠回りになるとしても、いざという場合に備えて、二人で行く方がいいと判断する。すまないが伊勢町に寄っていくことにする、と駕籠かきに声をかける。

井筒屋に着いて、店先に駕籠を待たせ、潜り戸を叩いて案内を請うと松之輔が出てくる。

「ああ、天河先生」

顔見知りである。

「愛之助はいるか？」

「え、先生ですか。たぶん、いらっしゃると思いますが、見てきましょうか」

そこに、

「さっきお出かけになりましたよ」

お美代が出てくる。

「どこに行ったかわかりますか？」

「検校さまのお屋敷だと聞きました。今夜は戻らないだろう、と」

「……」

お美代の言葉を聞いて、鯖之介が唇を噛む。

（おれのせいだ……）

屋敷に来てくれと鯖之介が使いを出したから、それに応じて、愛之助は出かけたのに違いないと考える。

「ここを出たのは、どれくらい前でしょうか？」

「まだ半刻も経ってないと思いますけど」

「半刻か……」

井筒屋から検校の屋敷まで何度か二人で歩いたことがあるし、いつも同じ道筋だったから、その道筋を辿れば、愛之助に追いつくことができるかもしれないし、検校の屋敷に着けば、香澄が愛之助に事情を説明してくれるだろうが、それより自分が追いかける方が早いのではないか、と鯖之介は考える。追いつくことができたら、そこから二人で花房町に向かえばいいのだ。

「駕籠屋さんよ、すまないが、米沢町に戻ってもらうぜ」

鯖之介が駕籠に乗り込む。

二十四

商家に押し込むときは、家人が寝静まった頃合いを見計らって、内部から手引きする者に門を外してもらって裏木戸から敷地に侵入し、次いで、手引きする者の手を借りて母屋に入り込む……それが孔雀一味のやり方だし、大方の盗賊は、そういうやり方をする。力尽くで屋敷に押し入るというのは現実的ではないのだ。

この夜、孔雀たちは検校の屋敷の玄関から侵入した。手引きする者がいないから、そうするしかなかったのだ。

あまり大きな音を立てないように、潜り戸をとんとんと叩き続けていると、

「はい、どなたですか？」

女の声がする。香澄である。

普段は下男が応対するのだが、鯖之介の手紙を読んで愛之助が来るかもしれないと思っているから、香澄が出てきた。

「花房町からの使いでございます」

次郎吉が言う。

「あら、さっき来た人なの？」

「はい、お伝え忘れたことがございまして」

「困ったわね。天河さんなら、もう向こうに行きましたよ……」

そう言いながら、何の疑いもなく警戒もせずに潜り戸を開ける。

その途端、荒瀬が身を屈めて中に入る。

「あ……」

香澄が声を上げようとする。その口を荒瀬が押さえ、

「よせ、まだ死にたくはなかろう」

「……」

「手を離すが、大きな声を出せば殺す。わかったか?」

香澄が瞬きもせずに大きくうなずく。

荒瀬が手を離す。

「屋敷には何人いる?」

「ええっと、わたし、検校さま、仁王丸……」

それ以外に下男が一人と下女が二人いるから、今、屋敷には六人いるということだ。

「用心棒はいないな?」

「いません」

「下男と下女は、どこにいる?」

「台所の横の……」

下男と下女が使っている部屋を、香澄が説明する。

「行け」

荒瀬が言うと、海老蔵と岩松が行く。

「検校は?」

「奥で寝てます」

「仁王丸という男は?」

「検校さまの隣の部屋です」

「案内しろ」

「殺さないで下さい」

「逆らわなければ殺さない」

香澄に先導されて、孔雀、荒瀬、次郎吉の三人が廊下を渡っていく。そこに海老蔵と岩松が戻ってくる。

「済んだのか？」

孔雀が訊く。

「ええ、縛り上げてきました。殺した方がよかったですかね？　ぐうぐう寝てたし、じいさん、ばあさんだったので殺すまでもないかと思ったんですが」

海老蔵が答える。

「それでいい」

孔雀がうなずく。

「そこが検校さまの部屋です」

香澄が震える声で言う。

「仁王丸は？」

「そっちです」

香澄が隣の部屋を指差すが、そんなことをしなくても部屋の中から大きないびきが聞こえている。

孔雀がうなずくと、荒瀬と海老蔵が仁王丸の部屋に入る。

「こいつも阿呆みたいに寝てやがる」

海老蔵が呆れる。

「殺しますか？」

「いや、縛れ。騒がれなければ、それでいい」

「岩松、来い」

押し殺した声で海老蔵が呼ぶ。

人を殺すのは孔雀と荒瀬が得意だが、手際よく家人を縛り上げるのは海老蔵と岩松が得意だ。たとえ縛り上げても、金を奪って屋敷から逃げ出すときには火を放つのだから、別に慈悲をかけているわけではない。金を奪うまではできるだけ家人を生かしておき、助かるかもしれないという希望を抱かせて金の在処を白状させるのだ。最初から殺しまくったのでは、どうせ助からないのだと諦めて何もしゃべらなくなってしまう怖れがある。

あっという間に仁王丸を縛って猿轡を嚙ませる。そうされるまで仁王丸は眠りこけていたから、よほど海老蔵と岩松の手際がよかったのであろう。

「よし、あっちだ」

荒瀬が検校の部屋の襖を開ける。

部屋の中は行燈の明かりでぼんやりと明るい。

布団の上に検校が坐っている。聴覚が鋭敏だから、屋敷の中で妙な物音がするのに気が付き、目を覚ましていたのだ。

「何者だ？」

検校が訊く。

「誰でもいいだろう。金は、どこにある？」

荒瀬が言う。

「ふんっ、盗人《ぬすっと》どもか。金など、ない。たとえあったとしても、誰が渡すものか」

「死にたいのか？」

「金の代わりに、わしの首を持って帰るか？」

「じいさん、本当に死にたいのか？」

荒瀬が検校の首に刃を当てる。その冷たさに驚いたのか、検校がびくっと体を震わせる。

「おとなしく金の在処を教えろ」

「言わぬ」

検校は頑固だ。

「ならば仕方がない。まず、この女に死んでもらうことにしよう」

それまで黙っていた孔雀が口を開き、香澄に顔を向ける。

香澄がへなへなと床に坐り込む。膝が震えて立っていられなくなったのだ。

「ひ……」

「お願い、殺さないで下さい」

涙声である。

「おれではなく、じいさんに頼むがいい」

「女の盗賊か。珍しいな」

検校が言う。

「女だからと甘く見るな。最初に、この女を殺す。次は隣にいるデブだ。下男と下女も殺す。最後におまえだ」

「勝手にするがいい。奉公人など、いくらでも替えが利く。誰が脅しに負けるものか」

「あんたも死ぬんだぞ」

「盗人のやり方はわかっている。金を出そうが出すまいが、生き証人を残さないように皆殺しにするのだ。どうせ殺されるのなら、金など渡すものか。ざまあみろ」

「じいさん、いい度胸だな。しかし、その強がりがいつまで続くかな」

孔雀が刀を抜く。

二十五

（ん？）

潜り戸を叩こうとして、戸が開いていることに愛之助は気が付く。不用心だなと思いながら、中に入る。

屋敷の中は、しんと静まり返っている。

下男や下女は、年寄りのせいか寝るのが早いが、香澄や鯖之介は、そうではない。誰も出てこないのはおかしいなと首を捻りながら廊下に上がる。鯖之介の部屋に行こうと歩き始めたとき、奥の方から人の声が聞こえた。検校の部屋に誰かいるらしい、恐らく、香澄か鯖之介だろう、一応、検校にも挨拶しておくか、と考えて奥に向かう。

廊下に明かりが洩れている。

誰かの声が聞こえるが、検校の声に交じって聞き覚えのない声も聞こえる。客でも来ているのかと思いつつ、部屋を覗き込む。

布団の上に検校が坐り、香澄が床に這《は》いつくばっている。その二人を黒装束の者たちが囲んでいる。五人いる。

「じいさん、いい度胸だな。しかし、その強がりがいつまで続くかな」

孔雀が刀を抜き、香澄の頭上で刀を振りかぶる。

「まず、この女に死んでもらう」

「ああっ……」

香澄が気を失ってしまう。

「やめておけ」

愛之助が声をかける。

孔雀がハッとしたように振り返る。

他の四人も愛之助を見る。

海老蔵と岩松が愛之助に斬りかかる。

所詮、剣術稽古などしたことのない素人である。

刀の使い方も構えもでたらめだ。

太刀筋も遅いので、愛之助は太刀筋を容易に見極めることができる。二人の刀をかわすと、素早く美女丸を抜き、二人の肩や腕を峰《みね》打ちにする。峰打ちとはいえ、手加減もしていないから、鈍い音がして骨が折れる。検校や香澄が傷つけられていれば容赦しなかったであろうが、二人ともまだ生きているし、怪我もしていないようだから峰打ちにしたのである。

うわーっと叫んで海老蔵と岩松が床に転がる。右肩や右腕の骨を折られたので、もう刀を持つことはできない。

「あわわわっ……」

次郎吉が闇雲に刀を振り回す。海老蔵や岩松よりも刀の扱いが下手だ。

愛之助は間合いを詰めると、次郎吉の小手を峰打ちにする。

「ぎゃっ」

と叫んで、次郎吉が刀を落とす。手首の骨が折れた。

あっという間に三人の仲間を倒されて、孔雀と荒瀬が呆然とする。

荒瀬が刀を構えて愛之助に向き合う。

「よせ、かなう相手ではない」

孔雀が止める。

その声を聞いて、愛之助がハッとする。

(これは……あのときの女ではないか。名前は、確か、孔雀とか……)

愛之助が孔雀に顔を向けて口を開こうとしたとき、

「斬ってしまえ。さっさと斬り捨てよ。何をしておるか」

検校が愛之助を叱咤《しった》する。

その声に反応したのは愛之助ではなく、荒瀬である。猛然と愛之助に斬りかかる。

愛之助が荒瀬の刀を受け止める。

「む」

何とか突き放す。

さっきの奴らよりは歯応えがありそうだな、いくらか剣術もできるらしい、と愛之助は判断する。

そうだとすると、峰打ちなどでお茶を濁すことはできない。遊びでも稽古でもない。相手は愛之助を殺すつもりなのだ。下手に手加減などすると自分がやられてしまう。

気を引き締めて構え直したとき、荒瀬が刀を振り下ろす。激しい金属音が響く。かろうじて受け止めたが、想像以上に荒瀬は膂力があり、愛之助が後退る。もう一度、同じように打ち込まれたら、次は受け止めきれるかどうかわからない。となれば、荒瀬の次の打ち込みが来る前に勝負をつけなければならない。太刀筋の速さが明暗を分けることになる。

荒瀬が太刀を引き、一呼吸入れて次の打ち込みをしようとしたとき、すでに愛之助は美女丸を繰り出している。呼吸を止めたのだ。その一呼吸の差で勝敗が決する。美女丸が荒瀬の右脇腹から左胸にかけて擦り上げられる。

荒瀬は天を仰いで、そのまま大の字にばったり倒れる。

「愛之助、やったか!」

検校が喜びの雄叫《おたけ》びを発する。

愛之助は無言で検校に近付くと、腹に当て身を入れる。

検校は、うっと呻くと、そのままひっくり返って気を失ってしまう。

愛之助が孔雀に向き直る。

今や無傷なのは孔雀だけである。

「馬鹿なことをしたものだ。なぜ、こんなことをした?」

「あ……」

黒装束で覆面までしているのに正体を知られているとわかって動揺する。

「声でわかった。孔雀だな?」

「……」

「この屋敷に現金はほとんどない。掻き集めても百両あるかどうかというところだろう。金蔵にあるのは手形や両替商の預かり証文だけだぞ。手形と証文を現金に換えることができれば莫大な財産が手に入るだろうが、そんなことができると思うか? 取り立てた金は、すぐに両替商に預けてしまうのだ。岡場所で遊ぶ金も両替商に請求が行くし、日々の支払いもすべてツケだ。半季毎に両替商が支払っている。検校の財産がほしければ、両替商に押し込むしかないということだ。わかったら、ここから立ち去れ。今なら、まだ誰もあんたたちの仕業だとは知らぬ」

「なぜ……」

孔雀が絞り出すように言う。

「なぜ、助けて下さるんですか？　その気になれば、わたしたちを斬ることができるのに」

「おまえも助けてくれたではないか。おれが生きているのは、おまえのおかげだ。検校も、そうだ。だから、恩を返す。今夜のことは忘れるから、おまえも二度とこんなことをするな。早く行け」

「行けと言われても……」

孔雀以外は大怪我をしている。

海老蔵も岩松も利き腕を骨折しているから自分が歩くだけで精一杯だろうし、手首を骨折した次郎吉は、めそめそと泣いている。最も重傷なのは荒瀬で、愛之助が急所を外したから命に別状はなさそうだが、出血もひどいし、意識も失っている。大柄だから細身の孔雀が運ぶこともできない。

「そうか」

孔雀の困惑を察した愛之助は、美女丸を鞘に収めると、荒瀬を助け起こそうとする。かなりの重さである。一人では無理だ。孔雀が手を貸そうとするが、孔雀の力を借りても荒瀬を立ち上がらせることもできない。

そこに、

「何だ、これは？　何があった」

鯖之介が現れる。

「おお、いいところに来たな。手を貸せ」

「手を貸せって……。何を言っている。押し込みではないのか」

「余計なことを言わなくていい。おれを信じろ」

「馬鹿野郎。如水先生が危篤なんだぞ」

「何だと」

「あ、それは嘘なんです……」

孔雀が事情を説明する。

「おれたちを誘き出すために嘘をついただと？　それは本当の話なのか」

鯖之介が驚く。

「本当です」

孔雀がうなずく。

「許せぬ」

鯖之介の表情が険しくなり、刀に手をかける。

「おい、それは孔雀だ」

愛之助が言う。

「え」

「おれたちの命の恩人さ。おまえを土牢から助け出してくれただろう」

「そうだが……」

「おれは、その恩返しをしている。だから、手を貸せ」

「よくわからぬが」

「わからなくていい。後でゆっくり説明してやる。今は黙って手を貸せ」

「うむ」

鯖之介が愛之助のそばに行き、荒瀬を抱き起こす手助けをする。愛之助と鯖之介の二人がかりで、ようやく荒瀬を立ち上がらせることができる。左右から荒瀬を支えて部屋から出る。

「こいつ、重いなあ。どうするつもりなんだ?」

「わからぬ。駕籠でもあればいいのだが……」

「駕籠なら、表に待たせてあるぞ」

「え」

「早駕籠で先生のところに行くつもりだったからな」

「気が利くじゃないか。その駕籠を使おう」

「こんな怪しい格好をした奴らを……」

鯖之介が肩越しに振り返る。

海老蔵、岩松、次郎吉が顔を顰め、骨折した箇所を庇《かば》って歩いてくる。最後方が孔雀だ。

みんな、まだ覆面をつけている。

「せめて覆面を外したら、どうだ？　駕籠かきが腰を抜かすぞ」

愛之助が言う。

「おい、覆面を取りな」

孔雀が自分の覆面を取りながら、手下どもに命令する。三人も覆面を取る。荒瀬の覆面は愛之助が取る。

「海老蔵と岩松は店に戻れ。そっちで医者を呼んで手当てしてもらえ。みんなが『ひばり』に戻るのは、まずい」

「承知しました」

海老蔵がうなずく。

潜り戸を抜けて外に出ると、海老蔵と岩松は歩き去ってしまう。

「駕籠屋さんよ、ちょいと行き先が変わった。どこまで行けばいい？」

荒瀬を駕籠に乗せながら、鯖之介が孔雀に訊く。

「柳橋を渡って、平右衛門町の手前で下ろしてもらえればありがたいです」

「わかった。おい、平右衛門町だ」

「へい」

駕籠かきが棒を担いで歩き出す。駕籠の後ろを愛之助、鯖之介、孔雀、次郎吉の四人がついていく。

「愛之助、おれは、ものすごく不思議な気分だ。何をどう言えばいいのかわからん」

「それなら何も言うな。今は黙っていろ」

「そうだな。それがいいかもしれん」

鯖之介がうなずく。

二十六

平右衛門町の手前で孔雀が駕籠を止める。

「ここでいいのか？」

愛之助が訊く。

「はい」

孔雀が駕籠代を払う。

駕籠かきが去ると、

「町木戸を通るわけにもいきませんし、駕籠かきにねぐらを知られるわけにもいきませんし」

「そうか」

言われてみれば、その通りである。

こんな怪しい集団を木戸番がおとなしく通してくれるはずがないし、駕籠かきに盗人宿の場所を知られるのもまずいであろう。

駕籠の中で荒瀬は意識を取り戻したが、自力で歩くのは無理である。言葉を発することもできない。出血のせいで、まだ意識が朦朧としているのであろう。また愛之助と鯖之介が両脇から荒瀬を支えて歩かせる。

「次郎吉、良庵《りょうあん》先生を呼んできな」

「はい」

手首の痛みに顔を顰めながら、次郎吉が反対方向に歩いて行く。

良庵は、孔雀が懇意にしている町医者である。

できれば「ひばり」に医者など呼びたくないが、荒瀬の治療は素人には無理だと判断したのだ。

「まさか盗賊だとは思わなかったぞ」

愛之助が孔雀に話しかける。

「すみません」

「なぜ、あのとき、おれたちを助けてくれた？」

「おれも、それが聞きたい」

　鯖之介が横から口を挟む。

「話せば長くなります」

「あのとき、あんたはたった一人でおれたちを助けてくれた。あんただって捕まれば、ただでは済まなかったはずだ。あの恩は大きい。なぜ、あれほどの危険を冒して、おれたちを助けてくれたのか、それが不思議だ」

「いろいろ事情がありまして」

　孔雀が言葉を濁す。愛之助の猪母真羅が忘れられなかったからだ、とはさすがに口にできない。

「おれたちはいいとしても、検校さまが黙っているかな。きっと捕り方に知らせるぞ」

「だから、眠らせたのだ」

「え。あれは、おまえがやったのか？」

　鯖之介が驚く。

「当て身を入れただけだ。今頃、目を覚ましているだろう」

「後々、面倒なことにならなければいいが」

「肝心なことは聞いていないはずだから大丈夫だろう。香澄も気を失っていたしな」

「あそこです」

前方に月明かりに照らされた「ひばり」が見えてくる。誰もいないので、母屋は真っ暗である。

「足許に気をつけて下さいまし」

孔雀が先導して、引き戸を開ける。

愛之助と鯖之介が荒瀬を支えて土間に入る。

中は真っ暗だ。

「行燈に火をいれますから」

孔雀が燧石《ひうちいし》をカチカチと打つ音がする。

ぽーっと薄ぼんやりと明るくなる。

「これだけだと暗いですよね。他の行燈にも火をいれます」

孔雀が腰を浮かせると、

「それだけでいい。行燈はひとつにしておけ」

愛之助が止める。

「え？」

孔雀が怪訝な顔で愛之助を見る。

「とりあえず、この男をそこに寝かせよう」

「うむ」

二人がかりで荒瀬を板敷きに上げる。

「焼酎《しょうちゅう》はあるか？」

「はい」

「それで傷を洗ってやってくれ。晒しがあれば、それで傷を覆ってやるといい。酒を飲ませれば痛み止めにもなるだろう」

「わかりました」

孔雀が土間に降りる。焼酎は台所に置いてあるのだ。

「鯖之介、気が付いたか？」

「うむ。一人や二人ではなかったな。五人くらいか」

「いや、恐らく、十人はいる」

「かもしれぬ」

「あの……。どういうことですか？」

孔雀が訊く。

「ここは囲まれているよ。心当たりはあるかね？」

「囲まれている？　捕り方ですか」

孔雀が驚く。

「違うな。捕り方は、こんなやり方はしない。捕り方が待ち伏せしていたら、おれたちの姿を見たときに、一斉に飛び出してきただろう。しかし、外にいる連中は、おれたちがここに入るのを黙って見ていた」

「逃がしたくない、ということだろうな。捕らえたいのなら、外にいるときに囲んでしまえばよかった。そうせずに、敢えて母屋に入れたのは……」

鯖之介が首を捻る。

「殺したいのだろうよ」

愛之助がうなずく。

「いったい、誰がそんなことを……」

困惑しながらも、愛之助が行燈はひとつにしておけと言った意味がわかった。誰かが母屋を包囲しているのなら、しかも、こちらより大人数ならば、暗闇を味方にするのがいいからだ。ひとつだけでは薄暗いし、それを消せば、真っ暗になる。

「本当に心当たりはないかね？」

「何も思い当たりません」

孔雀が首を振る。

「他の盗賊に恨まれたということはないか？」

「ないこともありませんが、十人もの人数で襲ってくるような盗賊はいないはずです。そんなに多くの手下を抱えている盗賊なんかいませんし」

「盗賊でもなく、捕り方でもない。しかし、これだけの人数で待ち伏せできるのは誰なんだ？」

鯖之介が首を捻ったとき、引き戸を蹴破って四人の男たちが躍り込んでくる。股立ちを取り、襷掛け、額に鉢巻きを巻いている。その格好や刀の扱いを見て、

（こいつら、武士だな）

愛之助は、一瞬で見抜く。

検校の屋敷で刀を振り回していた海老蔵や岩松とはまるで違っている。四人のうち三人には鬢擦《びんず》れがあるから、かなり真剣に剣術稽古に励んでいるに違いない。

しかも、四人とも顔を隠していない。愛之助たちを生かしておくつもりはないということであろう。

すぐさま愛之助と鯖之介が四人を迎え撃つ。

相手は二人一組で立ち向かってくる。

「げ」

「おまえ、圭次郎ではないか」

四人のうち一人だけ鬢擦れのない男である。

「……」

圭次郎が後退る。

すでにやる気を失っている。

愛之助と鯖之介が剣の達人だと承知しているのだ。かなう相手ではない。見栄を張れば、自分が斬られるだけだ。仲間を見捨てて外に逃げ出す。

「おい」

もう一人の表情が変わる。

置き去りにされて気持ちが萎縮している。

こうなれば、もう負けは決まったようなものだ。

美女丸が一閃し、相手の胴を払うと、ほんのかすり傷なのに、さっさと退いてしまう。

鯖之介に加勢しようと、残った二人の敵に顔を向けて、愛之助が驚愕する。

鯖之介は剣を構えたまま、二人の敵と睨み合っているが、その一人が唐沢潤一郎なのである。

「潤一郎」

愛之助が呼びかける。

「おれの名を呼ぶな」

「これは、どういうことだ？　なぜ、おまえがここにいる」

「それは、こっちの台詞だ。なぜ、おまえたちが盗人宿にいる？」

「盗人宿だと承知して待ち伏せしていたのか？　なぜ、そんなことを……」

「うおーっ」

潤一郎の仲間が声を張り上げて、鯖之介に斬りかかる。下手ではないが、鯖之介の敵ではない。

鯖之介の刀が一閃する。腕を斬られて膝をつく。鯖之介がそうしようと思えば、その男を容易に斬ることができるだろうが、敢えて二の太刀を振るわない。事情が飲み込めずに困惑しているのだ。

「愛之助、おれはどうすればいい？　ここで潤一郎と斬り合うのか？」

「……」

愛之助が言葉に詰まる。

どう対応すればいいのかわからない。

そこに火矢が打ち込まれる。

立て続けに二本である。

孔雀が甕《かめ》から水を汲んで慌てて火を消す。

「外に出てこい。家を焼き払うぞ」

外から大きな声がする。それを聞いて、潤一郎は仲間と共に外に出る。

「どうする？」

鯖之介が愛之助の顔を見る。

「外に出るしかあるまい。じっとしていれば家を焼かれる」

「裏から逃げれば、どうだ？」

「あの男を連れて逃げるのは無理だ」

愛之助が荒瀬を振り返る。

「そこまで……」

そこまでする必要があるのか、という言葉を鯖之介が飲み込む。

「わたしたちのことは放っておいて、お二人だけで逃げて下さい。巻き添えになっただけなんですから」

孔雀が言う。

「最初は、そうだった。しかし、今は、そうではない。おれたちの知り合いがここを襲った。なぜ、そんなことをするのかわからないが、向こうにおれと鯖之介のことを知られてしまった。たとえ、この場から逃れたとしても、あいつらは追ってくるかもしれぬ。それなら、ここで決着をつける方がいい」

愛之助が言う。

「そうだな。数では劣っているが、幸い、おれたちは暗闇を味方にすることができる」

「行くぞ」

「おう」

愛之助と鯖之介がゆっくり外に出て行く。

たちまち数人の男たちが二人を囲む。

何本かの松明が地面に投げられる。

それで周囲がいくらか明るくなる。

「……」

愛之助が素早く視線を走らせるが、その中に圭次郎はいない。潤一郎はいる。

「やれ」

誰かが命令を下す。

男たちが一斉に愛之助と鯖之介に斬りかかる。

二人は背中合わせに立ち、互いの背中を守りながら敵に立ち向かう。

激しい金属音が何度も響く。

静寂が戻ったとき、三人の男たちが地面に倒れている。愛之助が二人、鯖之介が一人斬ったのだ。

離れた場所から、煬帝、鎧塚右京、霧島虎之丞の三人が眺めている。この三人は覆面をしている。

「いいんですか。あいつら、皆殺しにされてしまいますよ。腕が違いすぎる」

右京が言う。

「こんなことなら種子島を用意しておけばよかったですね。ろくに刀の扱いも知らない盗賊相手のはずだったのに、まさか、あんな連中がいるとは」

虎之丞が、ふーっと溜息をつく。

「予想できないことは、どんなときにも起こり得るものだ。それにうまく対応しなければなるまい」

煬帝が言う。

「新参者たちを場慣れさせるはずだったのに、皆殺しにされたのでは笑い話にもならない。予想できなかったのではなく、相手を甘く見すぎていたんじゃないですかね？」

右京は辛辣だ。

「皆殺しにされるまで戦うのなら、その気概を誉めたいところですが、さっさと逃げ出した腰抜けもいるようですよ。情けないことだ」

虎之丞が薄く笑う。

「誰が逃げた？」

煬帝が訊く。

「何と言ったかな……。確か、高見沢とかいう奴です。最初から気に入らない奴だった。こう言っては何ですが、三田村さんが推挙するのは役立たずばかりじゃないですか」

「あいつは踏ん張っているぞ」

煬帝が潤一郎を指差す。

「気概のある者が殺され、腰抜けが生き残るわけですか。そんなことばかりして大義を実現できるのですかね？」

右京が皮肉めいた言い方をする。

「ほら、また、やられた」

虎之丞が舌打ちする。

最初に倒された三人の他に新たに二人が斬られたのである。このままでは本当に皆殺しにされそうな雲行きである。

「そろそろ出番じゃないんですか？」

右京が煬帝を見る。

「あんたたちは？」

「わたしたちは、ここで成り行きを見守りますよ。今夜は、そのつもりで来ただけですからね」

「仲間を見殺しか？」

「大義を実現させるためであれば喜んで命を差し出しますが、こんなわけのわからない斬り合いで死ぬわけにはいきませんよ」

「ならば、ここで見ているがいい」

煬帝が愛之助たちに近付いていく。

その背中を見送りながら、

「勝てますかね？　あの二人、かなりの使い手のようですが」

虎之丞が訊く。

「自分で蒔《ま》いた種だ。勝手にするさ。相手を甘く見るから、こんなことになる」

右京が答える。

「いいんですか、あの人をここで死なせても？」

「死にたくなければ、逃げるだろうよ」

「わたしたちも逃げますか？」

「逃げるさ。こんなところで死ぬなんて冗談じゃない。怪我をするのも嫌だな」

右京が肩をすくめる。

二人はじっと煬帝を見つめる。

煬帝は、すでに愛之助や鯖之介と向かい合う位置まで進んでいる。

「おまえたちは引っ込め。この者たちを後ろに下げるのだ」

煬帝が指示すると、刀を構えていた者たちが、刀を鞘に収め、地面に倒れている仲間たちを助け起こして後方に退く。

煬帝一人が愛之助と鯖之介に向き合う。

「また余計なことに首を突っ込んだようだな、愛之助」

煬帝が声をかける。

その声を聞いて、愛之助がハッとする。

「煬帝か？」

「だとしたら？」

「なぜ、おまえたちが盗人宿を襲う？」

「ふんっ、盗人宿だと知っているのか。ならば、こっちが訊きたい。なぜ、盗賊どものためにおまえが戦う？」

「いろいろ深い事情があるのだ」

「この盗賊どもは紀州屋という材木商を襲って、紀州屋の家族や奉公人を皆殺しにしたのだぞ。それを知っているのか？」

「何だと？」

愛之助が驚いて振り返る。

玄関先に孔雀が立って、事の成り行きを見守っている。

「他人のことをとやかく言える立場か。おまえたち一味も何度となく同じことをしてきたではないか」

「その通りだ。紀州屋も悪徳商人でな。役人と結託し、阿漕なやり方で金儲けをしていたのだ。そいつらが余計な手出しをしなければ、おれたちが皆殺しにするはずだった」

「わかったぞ。孔雀たちが紀州屋から奪った金を横取りするつもりなのだな？」

「だとしたら何だ？　おまえたちには関わりあるまい。ここから黙って立ち去れ」

「そうはいかぬ」

「なぜだ？」

「そうしなければならない理由があるからだ。少なくとも、今夜はここを守る。おまえたちに手出しはさせない」

「ならば、死んでもらうしかない」

煬帝が刀を抜いて構える。

「望むところだ」

鯖之介が前に踏み出そうとする。

「待て」

愛之助が止める。

「ここは、おれに任せろ」

「しかし……」

「頼む」

「……」

鯖之介が不満そうな顔で後ろに退く。

煬帝と愛之助が一対一で対峙する。

互いに間合いを計りながら、円を描くように移動する。瞬きもせずに、じっと睨み合う。

と、いきなり愛之助が目を瞑る。

両手が静かに左右に動く。あたかも海藻《かいそう》が波に揺られているかのように美女丸が揺らめく。放念無慚流の秘技・浮遊剣である。

目を瞑るのは、極限まで己の神経を研ぎ澄ませるためである。目で見るのではなく、心で相手の動きを感知するのだ。

もちろん、一瞬でも心が雑念で乱されれば、据え物のように自分が斬られることになる。

この技を使うときは、自分か相手のどちらかは死ぬことになるのだ。

「おかしな剣を使って、おれを誘い込むつもりか？　その手には乗らぬ」

そう言いながらも、すでに煬帝は愛之助の間合いに引き込まれている。どちらかが動けば、その瞬間に勝敗が決するであろう。

が、煬帝もただ者ではない。

背筋に恐るべき寒気を感じた。

（このままでは、おれは死ぬ。愛之助に斬られてしまう）

と悟ったのである。

何とか逃げ出したいが、すでに愛之助の間合いの中にいる。下手に動けば、その瞬間に斬られる。

「おまえは実の兄を斬るつもりか？」

「……」

「おれとおまえは血を分けた兄弟なのだぞ」

「あり得ぬ」

愛之助が目を開く。

煬帝の言葉で愛之助の心に雑念が生じた。

もはや浮遊剣ではない。

煬帝が殺到する。

それを見て、鯖之介が、うわっ、と悲鳴のような声を発する。愛之助が斬られる、と判断したのであろう。

愛之助自身、そう思った。

浮遊剣を使いながら、相手を倒すことに失敗すれば自分が斬られることになるのだ。浮遊剣を使う者の宿命である。

覚悟して目を瞑った。

濃厚な血の匂いが漂い、愛之助の顔が血に染まる。

痛みは何も感じないが、

（これで死ぬのだな）

と、愛之助は観念する。

目を開ける。

「え」

思わず声を発する。

煬帝に斬られたのは愛之助ではない。

孔雀である。

愛之助と煬帝の間に飛び込み、自分が斬られることで愛之助を守ったのだ。

うお〜っと叫びながら、鯖之介が煬帝に斬りかかる。そのとき、黒煙玉が投げ込まれ、あたりに黒い煙が立ち籠める。視界がまったく利かなくなってしまう。

鎧塚右京と霧島虎之丞が、ぎりぎりの瀬戸際で、やはり、ここで煬帝を死なせるのはまずいと判断して黒煙玉を投げ込んだのだ。その黒煙を利用して、煬帝一味が引き揚げる。

次第に黒煙が薄くなる。

地面に横たわる孔雀の傍らに愛之助が膝をついている。その背後に鯖之介が立ち尽くす。

孔雀は首から胸にかけて深々と斬られている。出血もひどい。もう助かりようがない状態である。

「なぜ、こんなことをした？」

愛之助の表情は沈痛である。

「だって……だって……あんたに死なれたら、もう抱いてもらえませんから」

ごほっ、ごほっ、と血を吐きながら咳《せ》き込む。

「おまえが死んでどうするんだ」

「いいんですよ。来世で抱いてもらいますから。抱いて下さいますか？」

「よかろう」

「約束ですよ。きっとですからね」

「約束する」

「嬉しい……」

孔雀の体から力が抜ける。

愛之助がそっと目蓋を閉じてやる。

「おまえは果報者だよ、愛之助」

鯖之介がつぶやく。

「……」

愛之助は、じっと唇を嚙んでいる。

二十七

老中・本多忠良が縁側で酒を嘗めている。

月を愛《め》でながら飲んでいるという風情である。

しかし、そうではない。

置き石の陰に身を潜めた帰蝶の話に耳を傾けているのだ。

「ふうむ、唐沢佳穂か……」

まずいな、と本多がつぶやき、間違いないのか、と訊く。

「はい。間違いなく、唐沢佳穂は長岡鷲之助を斬り殺しました」

「長岡を、か」

本多がふーっと大きな溜息をつく。

「長岡の馬鹿息子の噂は耳にしていた。手のつけられぬ放蕩者《ほうとうもの》だとな。だが、長岡家は名家だし、父親も祖父も徳川のために尽くした忠臣だ。今の当主は鷲之助の兄で、凡庸だが真面目な男だ。馬鹿な弟のために長岡家を潰すことはできぬから、何とかしなければと考えていたのだが……」

「ちょうどよかったということでしょうか？」

「何を言う。そんなはずがあるか。鶯之助を斬ったのが町人であればよかった。せめて御家人ならば何とかできた。選りに選って旗本の娘だとは……。しかも、唐沢家は長岡家と並ぶ名家ではないか。まずいことになったのう」

「恐らく……」

「何だ？」

「これで終わりではありません。始まりではないか、と思われます」

「まだ続くというのか？」

「般若党に属する旗本の子弟を一人ずつ斬るつもりかもしれません」

「見過ごしにはできんな。手を打たなければならぬ」

本多が厳しい顔で言う。

二十八

翌朝。

愛之助は奉行所に出向き、兄の雅之進に会った。

「朝早くから、どうしたのだ？」

湯飲みを手に取り、ふーっ、ふーっと湯冷まししながら茶を飲む。

「兄上にお伺いしたいことがあるのです」

「何だ？」

「父上なのですが……」

「どうかしたか？」

「わたしたち以外に、外に子をもうけたということはありませんか？」

「は？」

茶を噴き出す。

「どういうことだ？」

「いいえ……」

近頃、深川の岡場所に入り浸って若い妓に入れあげているし、あの調子で若い頃から遊んでいれば、どこかに隠し子の一人や二人いても不思議ではない気がするのだ、と言い繕う。

「ああ、そういうことか……」

雅之進が溜息をつく。

「びっくりさせるな。父上にも困ったものだ。もう隠居の身なのだから、屋敷でおとなしくしてくれればいいのだが」

「では、隠し子はいないのですね？」

「それはないだろう。隠し子がいたとしたら、母上が黙っていたと思うか？　父上も母上には頭が上がらなかったからなあ。そんな大それたことはできなかっただろうよ」

「そうですか。それならよいのですが」

愛之助がうなずく。

ひとつだけはっきりした。

雅之進は何も知らないのだ。

二十九

煬帝が嘘をついたのだろうか……そんなことを考えながら、愛之助は平右衛門町に向かっている。

「ひばり」には荒瀬と次郎吉がいる。

さすがに昨日の今日で、また煬帝一味が「ひばり」を襲うとも思えないが用心するに越したことはない。二人を、どこか安全な場所に移すつもりでいる。

しかし、安全な場所といっても、どこに連れて行けばいいのか、まだ決めていない。

そもそも荒瀬は一人歩きできる状態ではない。傷が癒えるまでは静かに寝ていなければならないのだ。

ふと、

（善太夫に頼むか）

と思いつく。

なぜかわからないが、善太夫は愛之助と友誼《ゆうぎ》を結びたがっているらしい。荒瀬を預かってくれと頼めばふたつ返事で承知してくれそうな気がするし、あそこにいれば、煬帝一味も手が出せないだろう。

（孔雀も葬らなければならぬ）

遺体はまだ「ひばり」に置いてある。

今のままでは無縁仏にするしかないが、それも忍びないので、どこかの寺にきちんと墓を作ってやりたい、善太夫の手下の法海坊ならば、僧形をしているくらいだから、どこかの寺に伝手《つて》があるのではないか、と愛之助は考える。

平右衛門町に寄って、荒瀬の様子を見たら、その足で善太夫のところに行ってみようと決める。

「ご機嫌よう」

背後から帰蝶が声をかける。

「何の用だ？」

「人を斬っていただきます。愛之助さまがご存じの人間です」

「煬帝を斬れという命令なら喜んで従うぞ」

「残念ながら、煬帝ではありません」

「誰を斬れというのだ?」

「はい……」

唐沢佳穂、と帰蝶が言う。

「は?」

愛之助が足を止め、帰蝶に向き合う。

「ふざけているのか?」

「愛之助さまはご存じないようですが、唐沢佳穂は男の姿をして町を歩き、般若党の者を斬っているのです」

「信じられぬ」

「本当のことです。御前は大変お怒りになっています。旗本の子弟を成敗するときは、御前の独断ではなく、将軍家の許可を得ております。それほどの重大事なのです。にもかかわらず、唐沢佳穂は勝手に成敗している。決して許すことはできない、とおっしゃっておりました」

「だから、斬れというのか?」

「そうです。唐沢佳穂を斬っていただきます」

「……」
　愛之助が絶句する。

〈つづく〉

本作は書き下ろしです。

中公文庫

ちぎれ雲《ぐも》（二）
——女犯《にょぼん》の剣《けん》

2024年4月25日　初版発行
2024年11月15日　6刷発行

著　者　富樫倫太郎《とがしりんたろう》

発行者　安部順一

発行所　中央公論新社
〒100-8152　東京都千代田区大手町1-7-1
電話　販売 03-5299-1730　編集 03-5299-1890
URL https://www.chuko.co.jp/

ＤＴＰ　嵐下英治
印　刷　大日本印刷
製　本　大日本印刷

Published by CHUOKORON-SHINSHA, INC.
Printed in Japan　ISBN978-4-12-207508-5 C1193

定価はカバーに表示してあります。落丁本・乱丁本はお手数ですが小社販売部宛お送り下さい。送料小社負担にてお取り替えいたします。

中公文庫既刊より

各書目の下段の数字はISBNコードです。978－4－12が省略してあります。

と-26-47
ちぎれ雲（一）　浮遊の剣
富樫倫太郎
女たちが群がる美丈夫・麗門愛之助。大身旗本の次男坊にして剣の達人の彼が対峙するのは、江戸中を震撼させる、冷酷無比な盗賊団！　書き下ろし時代小説。
207497-2

と-26-26
早雲の軍配者（上）
富樫倫太郎
北条早雲に見出された風間小太郎。軍配者となるべく送り込まれた足利学校では、互いを認め合う友に出会い――。新時代の戦国青春エンターテインメント！
205874-3

と-26-27
早雲の軍配者（下）
富樫倫太郎
互いを認め合う小太郎と勘助、冬之助は、いつか敵味方にわかれて戦おうと誓い合う。扇谷上杉軍へ攻め込む北条軍に同行する小太郎が、戦場で出会うのは――。
205875-0

と-26-28
信玄の軍配者（上）
富樫倫太郎
駿河国で囚われの身となったまま齢四十を超えた山本勘助。焦燥ばかりを募らせていた折、武田信虎による実子暗殺計画に荷担させられることとなり――。
205902-3

と-26-29
信玄の軍配者（下）
富樫倫太郎
武田晴信に仕え始めた山本勘助は、武田軍を常勝軍団へと導いていく。戦場で相見えようと誓い合った友たちとの再会を経て、「あの男」がいよいよ歴史の表舞台へ！
205903-0

と-26-30
謙信の軍配者（上）
富樫倫太郎
越後の竜・長尾景虎のもとで軍配者となった曾我（宇佐美）冬之助。自らを毘沙門天の化身と称する景虎の前で、いま軍配者としての素質が問われる！
205954-2

と-26-31
謙信の軍配者（下）
富樫倫太郎
冬之助は景虎のもと、好敵手・山本勘助率いる武田軍を前に自らの軍配を振るい、見事打ち破ることができるのか⁉　「軍配者」シリーズ、ここに完結！
205955-9